AF596727

LA CLOVISIADE,

POËME ÉPIQUE

EN VINGT-QUATRE CHANTS,

PAR DARODE DE LILEBONNE,

MEMBRE DE PLUSIEURS SOCIÉTÉS SAVANTES.

7me Livraison.

TOME PREMIER.

PARIS,

IMPRIMERIE ECCLÉSIASTIQUE DE BÉTHUNE,
HÔTEL PALATIN, PRÈS ST.-SULPICE.

1829.

LA CLOVISIADE.

CHANT ONZIÈME.

ARGUMENT.

Désenchantement d'Amadis. Il trouve dans le bois trois damoiselles dont une lui remet les armes de Goliath. Il vole au secours de la Reine. Entretien de Clovis avec deux fantômes. Il sauve des eaux du fleuve, sous la forme d'un jeune enfant, l'Amour céleste, né de Clotilde; les embrassements de cet Amour changent son cœur et ses armes. Ce prince vole au secours de la Reine. Au moment où la tête de cette princesse va tomber sous la hache, Clovis et Amadis, que personne ne reconnaît, se présentent pour la défendre. Le grand-prêtre déclare qu'un seul doit combattre, et que c'est au sort à le désigner : il se déclare pour Amadis. Bellovac et ses compagnons sont terrassés. La Reine est délivrée et ramenée en triomphe à son palais. Clovis défie son rival. Ils se rendent dans la forêt voisine. Combat de ces guerriers. La Reine, avertie de ce qui se passe, vole au secours de son libérateur. Torval, fils de Bellovac, voulant venger la mort de son père, apparaît dans l'assemblée des Druides. Dans un discours qu'il leur adresse, il s'offre, pour l'honneur et la gloire de la patrie, d'immoler Clovis et Amadis aux mânes de son père. Il est accueilli avec enthousiasme par les prêtres et l'enchanteresse Velléda. Conseils que celle-ci lui donne. Il reçoit de sa main un livre magique, et part pour se rendre au camp des Ardennes.

LA CLOVISIADE,

OU LE TRIOMPHE

DU CHRISTIANISME EN FRANCE.

CHANT ONZIÈME.

MINUIT sonne; Amadis par l'amour égaré
Veillait alors debout dans le temple sacré.
Le fantôme aussitôt perce le sanctuaire,
Se dégage à ses yeux du lugubre suaire,
Et comme un léger souffle arrive jusqu'à lui.

Infortuné, dit-il, naguère mon appui,
Sois propice à mes vœux. Si mon ombre t'est chère,
Préserve-la des traits d'une sainte colère.
Tu le peux, cher ami; Dieu m'a ravi le jour,
Je ne puis être à toi; renonce à mon amour.
Aridée est l'objet que t'a choisi mon âme:
Cette vierge des Francs que ta valeur enflamme,
Que le plus grand des dieux fait voler sur tes pas,
Des filles de Lutèce efface les appas.
Jeune, elle apporte en dot au héros qu'elle adore
Un grand nom, des vertus, un sceptre qu'elle honore.
Aime-la donc; soumise aux décrets éternels,
Ton Dieu sera son Dieu, tes autels, ses autels.

Promets... qu'exiges-tu de mon âme attendrie?
Moi t'oublier.... qu'entends-je! ombre illustre et chérie,
Sur la terre des Francs, le matin d'un beau jour,
Tu passes, je te vois... C'en est fait, mon amour
Ne passera jamais. Immuable et fidelle,
Il s'allie à ton nom, à ta gloire immortelle.
Ah! si mon cœur pouvait s'affranchir de sa loi,
S'il pouvait sans mourir se réunir à toi,
Que je serais heureux! dans ton âme ravie
Mon corps serait le tien; je vivrais de ta vie.

— Héros infortuné, que me demandes-tu?
Ce coupable desir offense ma vertu.
Je ne puis l'exaucer. Il faudrait que mon ombre
Se revêtît d'un corps au sein de la nuit sombre;
Il faudrait... non, le ciel, jaloux de nos plaisirs,
Même après le trépas s'oppose à tes désirs.
Toutefois, si le ciel souffre cette merveille,
Demain j'irai te joindre à la troisième veille;
Adieu. L'ombre, à ces mots, plaintive majesté,
Comme un rapide éclair fuit dans l'obscurité.
Qui pourrait du héros peindre l'impatience;
Pour lui ce doux moment trop lentement s'avance.

Accours, se disait-il, délicieuse nuit,
Viens livrer à mes feux l'objet qui m'a séduit;
Dégage son beau corps de ses voiles funèbres;
Dieu du jour, hâte-toi de chasser les ténèbres.
Il dit, le jour enfin seconde son espoir,
Et par degrés fait place à l'étoile du soir.

L'heure frappe. Amadis est debout en silence:
Son cœur brûlant d'amour bat avec violence.

Bientôt dans le lointain, fidelle à son penchant,
Le fantôme apparaît, luit et croît en marchant.
Il vole précédé par un léger murmure.
Le doux bruit de ses pas dans cette nef obscure,
Un infernal attrait, l'attente du plaisir,
S'emparent du héros et le font tressaillir.
Aussitôt une voix s'élève dans son âme:
Où vas-tu, malheureux, fuis un plaisir infâme;
Crains un tel ennemi, redoute ses appas;
La mort est dans son cœur, l'enfer est dans ses bras.
Il n'est plus temps, répond cet amant idolâtre,
Laisse-moi posséder Clotilde au sein d'albâtre.
Le voile tombe. Hélas! dans ses brûlants transports,
Voulant saisir l'objet qu'ont vu les sombres bords,
Il s'élance, et l'enfer, jaloux de sa conquête,
Ne laisse dans ses bras qu'un horrible squelette:
Amadis, consterné, recule plein d'horreur.

Si tu veux, ô mon fils, triompher de l'erreur,
Fais usage, il est temps, de ton glaive terrible;
Frappe ton ennemi, lui dit l'être invisible.
A ces mots, par le fer, du squelette abhorré,
Le crâne sans lumière est soudain séparé.
O prodige! dans l'air, scorpion formidable,
Il s'envole, et le corps du spectre lamentable
Tombe, s'étend, d'anneaux couvre ses ossements,
Impétueux dragon, pousse des sifflements,
Cède aux coups redoublés du large cimeterre,
Et rentre furieux dans le sein de la terre.

— Clotilde est en danger. Pour être son appui,
Des piéges de l'enfer Dieu te sauve aujourd'hui.

O mon fils, dit la voix, cours, vole à sa défense,
Rends au roi, son époux, à son peuple, à la France
Cette illustre beauté digne d'un meilleur sort;
Arrache ses attraits au glaive de la mort.
Dix guerriers en tous lieux déclarent sans mystère
Qu'ils l'ont tous avec toi surprise en adultère...
Ces féroces brigands, armés par le dieu Mars,
Sont de ses ennemis les orgueilleux remparts.
Les prêtres l'ont aux dieux offerte en sacrifice;
C'en est fait, sous le glaive il faut qu'elle périsse,
Si, vengeur de sa gloire, un héros, son appui,
De ses accusateurs ne triomphe aujourd'hui.

Qui pourrait d'Amadis, troublé, hors de lui-même,
Exprimer la surprise et la douleur extrême?
Il s'accuse lui-même, il accuse le sort,
Et prétend la sauver ou se donner la mort.
La mère, à qui l'arrêt d'une assemblée inique,
Malgré ses cris, ses pleurs, arrache un fils unique,
En a moins de douleur que n'en eut à ces mots,
A ce cruel récit, l'invincible héros.
Il gémit: les regards de ce foudre de guerre
Pour la première fois sont baissés vers la terre;
Il en coule des pleurs, enfants du repentir:
Tu pleures, nouveau Mars, quand tu devrais mourir;
Ce bras qui pour les Francs gagna tant de batailles
Ne sera-t-il témoin que de ses funérailles.
Hélas! quand je faisais des vœux pour ton bonheur,
Clotilde, à mon insu je t'arrache l'honneur.
Tu marches à la mort... La hache épouvantable
Va trancher... Dieu puissant.. non, voici le coupable.
Il accourt déchiré par le remords rongeur

Ainsi que le témoin j'amène le vengeur.
Fuyez, prêtres, tremblez, accusateurs atroces;
Que m'importent vos cris et vos regards féroces?
L'éternelle justice a compté vos moments,
Et vous livre à l'enfer comme ses aliments.
Rois, peuples, respirez; sans foudre et sans tonnerre
De ces brigands sacrés je vais purger la terre.
Sois fidèle au Très-Haut, dit la céleste voi;
Cours vaincre au nom du Ciel: ton ange est près de toi.
Son pouvoir, qui dans l'air agglomère les nues,
T'ouvre de la forêt les routes inconnues:
Vers l'aurore, suis-en la première à ton choix.
Au penchant des coteaux, à deux milles du bois,
Trois pudiques beautés, trois anges de la terre
S'offriront à tes yeux. Noble enfant de la guerre,
Aborde-les; surtout pratique leurs avis:
Qui ne s'applaudit pas de les avoir suivis!

Cependant à l'abri d'un jeune sycomore
Il attend le retour de la vermeille aurore.
Dès que, beauté légère, elle eut en souriant
De ses rayons de pourpre enflammé l'Orient,
Il se lève indigné, brûlant d'impatience
D'arracher au trépas la beauté, l'innocence.
Privé de sa framée et de son bouclier,
L'invincible Amadis, sans guide et sans coursier,
S'éloigne, et, traversant cette forêt trompeuse,
Dont le jour a doré la cime vaporeuse,
Il arrive bientôt au penchant des coteaux
Où viennent serpenter de limpides ruisseaux,
Lorsque dans le vallon trois jeunes damoiselles,
Semblables à des lis, à des roses nouvelles,

Ont frappé ses regards. La première du rang
Marche le front couvert d'un voile transparent,
Et sur ce même voile une flamme sacrée
Avec ses longs soupirs vole vers l'empyrée.
L'autre a l'éclat du lis, les grâces, le maintien,
Le sourire enchanteur d'un être aérien;
Compagne du malheur, trésor de l'indigence,
Elle sait des mortels apaiser la souffrance,
Et semble dire au juste épris de sa beauté:
Je suis fille du Temps et de l'Éternité;
Que mourir dans nos bras est une douce chose!
La troisième est semblable à ce bouton de rose
Qu'aux doux rayons du jour ont fait épanouir
Sur un tapis de fleurs les baisers du zéphyr.
Elle est jeune, ses yeux lancent des traits de flamme,
Son sourire ingénu porte la paix dans l'âme;
Pure comme les Cieux, brillante de candeur,
Un rien la fait rougir, alarme sa pudeur.
Est-il des malheureux! déité secourable,
Toujours à les servir ardente, infatigable,
A ces infortunés dans ce triste séjour
Elle cache sa gloire et montre son amour.
Tels les anges du Ciel sur la terre et sur l'onde
Visitaient les humains aux premiers jour du monde.
Ainsi ces trois beautés, angéliques flambeaux,
Abordent Amadis, gravissant les coteaux.
Leur voix calme les vents, les vagues orageuses.

Salut, s'écria-t-il, aimables voyageuses.
— Prince, dit la première, orgueil des chevaliers,
Apprends ce que souvent ignorent les guerriers:
Quand sur l'homme coupable eut tonné la vengeance,

Aux mortels avec nous Dieu laissa l'espérance :
Alors, reine des Cieux, parut la Charité,
A sa voix le palais de l'Immortalité
S'ouvrit. Du Tout-Puissant la clémence infinie
Des mondes ébranlés rétablit l'harmonie.
L'Éternel, dont l'amour charme tous les instants,
Apparut glorieux sur les ailes du temps;
Soumis jusqu'à la mort à son arrêt suprême,
A la place de l'homme il se fit anathème,
Et prit, voulant fermer le ténébreux séjour,
Pour supplice la croix, pour bourreau son amour.
Souveraine des cœurs, sa charité sublime,
Arrachant ses élus aux monstres de l'abîme,
Les couronne ici bas de rayons solennels,
Et leur ouvre à la mort les parvis éternels.
Vierge simple et modeste, elle fuit la louange,
Et voyage ici bas sous la forme d'un ange;
Près des saints qu'elle guide à la félicité,
Elle marche et grandit jusqu'à l'éternité,
Refoule les méchants dans une nuit profonde;
Et, surgissant un jour sur les débris du monde,
Le Ciel sera son trône. Aux célestes palais,
Nous périrons un jour, la Charité jamais.
Écoute ses avis, et marche à sa lumière;
Malheureux qui sans elle a fourni sa carrière!

Prince, dit la troisième et jeune déité,
Je vais armer ton bras, arme ta volonté;
Champion du combat que l'Éternel approuve,
Renonce à ton amour, la vertu le réprouve.
Prends cette armure inscrite au palais du Destin;
Elle couvrait jadis l'orgueilleux Philistin,

Et des enchantements elle rompt la puissance.
Va donc de Bellovac abattre l'arrogance,
Rendre une illustre reine à la France, à son roi,
A l'honneur de son sexe anéanti par toi.

Dans l'immense forêt voisine de Lutèce
Demain tu trouveras errant, plein de tristesse,
Le brillant Pyroïs. Sensible et malheureux,
Éginar éleva ce coursier généreux;
Il vainquit sous son maître au milieu des batailles,
A la joute, en champ clos, au pied de cent murailles,
Et pour Clotilde enfin ses yeux l'ont vu mourir.
Amadis à ces mots pousse un profond soupir.
— Éginar te fut cher, sur son coursier fidèle,
Venge-le, cours, mon fils, immoler un rebelle,
Un guerrier déloyal, un calomniateur :
De cet affreux géant terrasse la hauteur.
Amadis à ces mots saisit l'énorme lance,
Sa main sans nul effort l'agite et la balance,
Et dix bras vigoureux, lents à la soulever,
Auraient peine à l'étendre ardents à tout braver.
De son casque de fer la formidable aigrette,
Ténébreuse, agitée ainsi que la tempête,
Tourbillonne, et déjà le pesant bouclier
Brille au bras d'Amadis qu'il dérobe en entier;
Couvert par Goliath de luisantes écailles,
Qui virent d'Israël les sanglantes batailles,
Sur son antique airain, qu'a respecté le temps,
Se brisent du soleil les rayons éclatants :
Il en sort une flamme, une splendeur céleste,
A la candeur propice, à la fraude funeste.
Tel parut autrefois l'orgueilleux Philistin,
Tel se montre Amadis aux rayons du matin.

Vous qui semblez, dit-il, en ces lieux étrangères,
Quel bord vous a vu naître, ô nymphes bocagères?
Avec une âme pure, un cœur exempt de fiel,
D'où venez-vous?-d'Horeb. Où montez-vous?-au Ciel.
De la riante aurore au vermeil crépuscule
Que faites-vous?—J'attends. — Je soupire. —Je brûle...
Qu'attendez-vous? — un jour d'immortelle clarté.
On vous nomme?—La Foi.—L'Espoir. — La Charité...
Alors dans la vallée où l'œil du héros plonge
Ainsi que le bonheur sur les ailes d'un songe
Sous un nuage d'or qui voltige, éblouit,
Le groupe en souriant brille et s'évanouit,
Tandis que son regard dans la gloire immortelle
Semble lui dire encor: Adieu, sois-moi fidèle.

Amadis, étonné de cette vision,
Allume à leurs discours son indignation,
Et, le cœur affamé de gloire et de vengeance,
Comme un feu dévorant vers Lutèce s'avance.
Tel le dieu de la Thrace accourait aux combats,
Et faisait retentir la terre sous ses pas;
Tel au bruit des carreaux qui grondent sur nos têtes,
Court dans l'air embrasé le géant des tempêtes;
Ainsi vole Amadis, fleur de tous les guerriers:
Déjà le blond Phébus détèle ses coursiers,
Et tandis que son char se replonge dans l'onde,
Sous l'ombrage touffu d'une forêt profonde,
Où le cruel amour l'obsède et le poursuit,
L'impatient héros entre et passe la nuit.

Dès que de l'Orient ouvrant les portes closes,
L'aurore eut apparu dans son palais de roses,

Éveillé par un dieu, de ses charmes épris,
Le paladin se lève, et vole vers Paris.
Tour à tour des plateaux les scènes imposantes,
Les vallons enchantés, les collines riantes,
Captivent en passant ses avides regards.
Il s'approche enflammé par le courroux de Mars;
A peine a-t-il franchi la forêt druidique,
Où veille jour et nuit la puissance magique,
Qu'un généreux coursier, paissant au bord du bois,
S'avance. Il est couvert d'un superbe harnois.
Le sensible animal hennit après son maître,
Regarde le héros, semble le reconnaître.
Est-ce toi, Pyroïs, lui dit le paladin?
Il le saisit alors, le flatte de la main;
Qu'as-tu fait du héros que dans son allégresse
Te confia naguère une illustre princesse?
Qu'as-tu fait d'Éginar? tu pleures, beau coursier;
Tu n'as pu le sauver du tranchant de l'acier.
Il n'est plus. Je le vois. Il est mort pour la gloire.
Courons vaincre pour elle. O Clotilde! ô victoire!
Que vos noms sont brillants, qu'ils sont chers à mon cœur!
Que vous m'électrisez! Tremble, odieux vainqueur;
Tu vas périr. Il dit, et, superbe, intrépide,
S'élance comme un trait sur le coursier rapide.
Qui pourrait égaler la course d'Amadis?
Il disparaît. Laissons-le et passons à Clovis.

Ce héros a suivi le rapide fantôme.
Que me veux-tu, dit-il, être au-dessus de l'homme?
Tu ne te trompes point; je domine les rois,
Et l'univers qui pense est soumis à mes lois.
Terrible, inexorable aux grandeurs elles-mêmes,

Bien loin de rétracter mes oracles suprêmes,
C'est lorsqu'il faut opter entre vivre ou mourir,
À moi de commander, aux mortels d'obéir.
Laisse périr Clotilde... et quoi ton cœur s'étonne.
Je le veux; obéis; mon pouvoir te l'ordonne.
Tremble, je suis l'Honneur. — Un arrêt si cruel
Peut-il être approuvé du conseil éternel?
— Ne le crois pas, s'écrie une beauté céleste
Qui dans un Ciel d'azur à lui se manifeste;
Sauve ta noble épouse, elle est digne de toi.
Que l'équité, mon fils, soit ta suprême loi.
Prends le parti du faible, ou crains que la vengeance
Du haut des Cieux ouverts ne venge l'innocence,
Et, de sa foudre armée, à ta fatale erreur
Ne redemande un sang versé par la fureur.
Ton cruel repentir des ombres de l'abîme
Ne rappellera pas l'innocente victime:
Un Dieu retient l'esprit, et la tombe les corps;
On ne revient jamais du royaume des morts.

Frappe, répond l'Honneur; extermine le crime;
Il n'a que faire ici. Sa place est dans l'abîme.

Non, réplique l'Amour par l'Honneur combattu,
Elle n'a point failli: respectez sa vertu.
De ses fiers ennemis foudroyez la puissance.
Tout ne vous a-t-il pas prouvé son innocence!
Quel est son crime, ingrat, que de vous trop aimer.
Qu'a-t-elle qui n'ait pas le droit de vous charmer?
Candeur, simplicité, modestie ingénue,
Dévoilent à vos yeux sa vertu peu connue;
Un pardon généreux dont le Ciel est le prix,

Voilà ce qu'elle oppose à d'injustes mépris.
L'amour qu'elle a pour toi, son calme inaltérable,
Sont-ils bien, dis-le-moi, d'une épouse coupable ?
A l'instant du supplice, et le front dévoilé,
Jamais l'hypocrisie a-t-elle ainsi parlé ?
Non, le crime n'a pas cette noble assurance,
Cette naïveté, fille de l'innocence.
Il croit voir en tous lieux dans de hideux portraits
Les complices vengeurs de ses honteux forfaits;
Il croit voir l'univers, armé contre lui-même,
Le citer, l'accuser au tribunal suprême.
La vertu que tu crois la vertu d'un moment
A la solidité, l'éclat du diamant.
Au milieu de ces feux allumés par le crime,
Que faisait, réponds-moi, cette femme sublime ?
Rayonnante d'attraits, et bravant le trépas,
A son barbare époux elle tendait les bras.
Tu l'as vue, et tes yeux, témoins de ce prodige,
Peuvent-ils le traiter de faible et vain prestige ?
N'as-t-u pas aperçu le bras du Tout-Puissant
Couronner de splendeur cet objet ravissant ?
Charmé de ses attraits, de sa gloire immortelle,
Ton cœur n'était-il pas enflammé d'un saint zèle.
Ah ! tes yeux n'ont vu qu'elle; un monde d'ennemis
Tremblait comme un seul homme à tes ordres soumis,
Et, glaçant de frayeur un ministre farouche,
Le courroux comme un glaive a brillé dans ta bouche.
Qui donc a retenu ton zèle foudroyant ?
—La majesté des dieux, leur pouvoir effrayant;
Moi, lui répond l'Honneur, moi que la terre adore.
—J'en appelle à ton cœur; c'est lui seul que j'implore.
Contemple ton épouse, et lis dans tous ses traits :

Nul vice n'a souillé ses ravissants attraits.
A ces mots il croit voir son épouse adorée...
Sa tête va tomber sous la hache sacrée...
Elle lui tend les bras ; ses regards suppliants
Séduiraient des jaloux encor plus défiants :
Quel objet pour Clovis ! il s'élance vers elle,
Quand du terrible Honneur la puissance immortelle
L'arrête par ces mots : Malheureux, que fais-tu ?
Un héros de son cœur a banni la vertu.
Tu ne peux la punir par une mort trop prompte :
La France, l'univers sont témoins de ta honte.
Vois-tu celle qu'Amour compare au diamant,
S'élancer dans les bras de son coupable amant ?
Lui prodiguer déjà ses brûlantes caresses,
Et s'oublier au sein des plus vives tendresses.
La jalousie alors s'empare de Clovis :
Il croit voir dans les bras de l'heureux Amadis
L'infidèle Clotilde... A cette affreuse image
Sa colère s'allume ; il pousse un cri de rage :
Perfide.... c'en est trop !... Bourreaux, que tardez-vous ?
Foudres de Jupiter, frappez-la, vengez-nous.
O terre, entr'ouvre-toi sous leur âme coupable ;
Délivre mes regards d'un couple détestable ;
L'indomptable Clovis se soumet à tes lois,
J'abhorre un fol Amour : Honneur, entends ma voix :
Que l'infâme périsse. Et que dirait la France
Si ce crime échappait à ma juste vengeance ?
Comme il disait ces mots, à son œil ébloui
Dans l'épaisseur du bois tout s'est évanoui.

Ta parole à mon cœur vient de parler en maître ;
Tu triomphes, Honneur, qui peut te méconnaître ?

Tandis qu'il parle ainsi, de célestes appas,
Placés entre la vie et l'odieux trépas,
Gémissent, et ce roi, luttant contre la peine,
Entend des cris plaintifs sur les bords de la Seine.

Il se hâte, il accourt... c'était un jeune enfant
Que du fleuve rapide entraînait le courant.
L'infortuné, plongé parmi le marécage,
S'efforçait, mais en vain, d'atteindre le rivage.
Le monarque français, touché de ses appas,
Se baisse, le saisit, l'emporte dans ses bras;
Alors ce bel enfant sourit à ses tendresses,
Et prodigue au héros d'innocentes caresses.
Sans vous, s'écriait-il, par un funeste sort
Dans ces flots, ô mon Roi, j'allais trouver la mort.
Achevez votre ouvrage, écoutez ma prière:
Vous qui sauvez le fils sauvez aussi la mère:
Elle n'est point coupable, et ses persécuteurs
S'arment contre ses jours de propos imposteurs;
On la condamne à mort, nul ne prend sa défense,
Et, pour comble de maux, sa dernière espérance
Est ravie à son cœur. Presque au pied des autels
Son fils est arraché de ses bras maternels;
Mon lâche ravisseur, insensible à mes larmes,
Et qui possède un cœur aussi dur que ses armes,
Arrive sur ces bords, et me plonge en courroux
Dans les flots où bientôt j'allais périr sans vous.
Inutile bienfait! que m'importe la vie,
Si ma mère à mes vœux pour toujours est ravie?
Il dit, et de ses yeux des larmes ont coulé:
Si je vous plais, dit-il, au monarque troublé,

Ayez pitié d'un fils, de sa douleur profonde,
Ou rendez-moi ma mère, ou plongez-moi dans l'onde.
Cependant les soupirs de cet aimable enfant
Ont produit sur Clovis l'effet d'un talisman;
Son cœur, que révoltait le seul nom d'une femme,
Se fond comme la cire aux rayons de la flamme.
Va, répond ce héros, seul je la défendrai;
Contre ses ennemis je la protégerai.

— Jurez-le moi, Seigneur. — Dans ma douleur extrême,
Je le jure à son fils, à ma gloire, à Dieu même.
— Sur les lèvres qu'entr'ouvre un objet innocent
La vérité repose et charme le puissant.
Grand Roi, tiens ta promesse, et sois plus débonnaire :
Je suis l'Amour céleste, et Clotilde est ma mère.
Il dit, et disparaît sur des ailes d'azur,
Comme un léger zéphyr au parfum doux et pur.

Qui pourrait de Clovis exprimer la surprise?
Du plus ardent amour sa grande âme est éprise.
A défendre Clotilde il se trouve engagé :
Son armure, son cœur, en lui tout est changé :
Sur son casque d'airain s'élève une colombe,
Et sur l'écu céleste un géant qui succombe
Sous les pieds d'un héros prompt à le désarmer,
Rend hommage aux vertus qu'il vient de blasphémer.
Le glaive du monarque a l'éclat de la foudre;
Sous son manteau d'argent qui traîne dans la poudre,
A son thorax, enfant des célestes parvis,
On distingue un amour couché parmi les lis.

Tel sur l'herbe au soleil étale sa souplesse,
Déroule ses anneaux, se courbe, se redresse,
Siffle, enflé du poison trouvé dans un tombeau,
Un serpent orgueilleux de sa nouvelle peau;
Tel Clovis qu'a charmé sa brillante aventure,
Accourt énorgueilli de sa nouvelle armure.
Le sol de la patrie, au signal des combats,
A reconnu son maître, et tremble sous ses pas.

Cependant on frémit; bientôt le moment, l'heure,
Va sonner. C'en est fait, un Dieu veut qu'elle meure,
Celle dont la puissance, à la voix de l'honneur,
Épanchait sur les Francs la coupe du bonheur!
La mort va dévorer l'innocente victime;
Sa tête va tomber sous la hache du crime;
Les poteaux sont dressés, et l'écho des forêts
Murmure en gémissant de sinistres arrêts.
Des spectres échappés de la terre tremblante,
Lugubres majestés que la terreur enfante,
Signalant par des cris leur odieux réveil,
Ont de leur ombre immense obscurci le soleil.
Et tandis que leurs yeux, ardents lampadophores,
Brillent dans cette nuit comme des météores,
Au-dessus de la foule immobile d'effroi,
Où l'innocence invoque et cherche en vain le roi,
S'agitent dans les airs, brûlants amphithéâtres,
Des monstres infernaux les figures noirâtres,
La chimère l'Incube et ces hideux attraits
Qui de l'impur druide ont abruti les traits.
Mais quoi! la scène change... ô spectacle admirable?
La justice à pas lents arrive, et formidable

Descend. Sa triple foudre a divisé les Cieux.
L'innocence éplorée alors lève les yeux :
Qu'ont-ils vu? le Seigneur sur un char de victoire;
L'univers accablé sous le poids de sa gloire....
Tout s'éclipse, tout fuit. Ces esprits orgueilleux,
Qui couvraient les sommets de ces monts sourcilleux,
Renversés tout à coup de leurs trônes sublimes,
Roulent précipités dans les brûlants abîmes.
Un grand calme succède au tumulte effrayant
Qu'a répété l'écho du gouffre tournoyant.
Quel silence! Où sont-ils, ces maîtres de la terre?
Quelle foudre a brisé leur impuissant tonnerre?
Quel est ce roi de gloire, antique et solennel?
C'est le Dieu des Chrétiens, le Très-Haut, l'Éternel.
Le triangle de feu, trois fois terrible, auguste,
A pesé les moments du juste et de l'injuste.
L'innocence prévaut sur le crime orgueilleux;
Il est jugé : déjà sur son front sourcilleux
Repose la terreur; et, comme la tempête,
La mort du haut des airs vole et fond sur sa tête.
Bellovac a tremblé : son grand cœur a frémi.
Il sent qu'un invisible et puissant ennemi
Lutte contre ses jours, l'obsède, l'environne,
Le presse; un bras de fer le saisit; il frissonne,
Se retourne, et croit voir dans son mortel ennui
Un spectre menaçant voler autour de lui.

Placée entre la vie et la mort inhumaine,
La reine des Français, éplorée, incertaine,
Lève les yeux au Ciel. Que n'y voit-elle pas?

Que d'objets ravissants, que d'immortels appas
S'offrent à ses regards sur la nue éclatante !
Des brûlants séraphins la troupe rayonnante,
Les chérubins ardents où siégent la terreur,
L'éclat, la majesté, la gloire du Seigneur ;
Tous les mondes, errant dans les sphères tranquilles,
S'arrêtent à sa voix de frayeur immobiles,
Écoutent les concerts des chœurs harmonieux,
Autour de l'Éternel forment de nouveaux cieux,
Et, spectateurs muets de sa bonté propice,
Réfléchissent l'éclat du soleil de justice.

Un ange pour la Reine est du Ciel accouru.
Il lui montre sa gloire, et tout a disparu :
Clotilde est consolée. Une légère flamme
Atteste sur son front la beauté de son âme.
Aussitôt des licteurs le groupe menaçant
A saisi la victime au regard languissant :
L'un par des nœuds d'airain serre ses bras d'albâtre ;
Le second de ses traits que l'amour idolâtre
Dévoile à nos regards l'éclatante blancheur,
La régularité, les grâces, la fraîcheur ;
L'autre, la hache en main, va par un coup funeste
Séparer d'un beau corps une tête céleste,
Lorsqu'on entend ces cris mille fois répétés :
On vole à son secours, barbares, arrêtez !

A ce discours touchant qui fait pâlir le crime,
On accourt, on se presse autour de la victime :
A ce touchant discours le licteur désarmé
S'éloigne en frémissant. Le grand prêtre alarmé

Diffère malgré lui l'heure du sacrifice.
Deux superbes guerriers s'avancent dans la lice :
L'un arrive du Nord, c'est le grand Amadis ;
L'autre de l'Orient, c'est le puissant Clovis.
Leur visière baissée et leur nouvelle armure
Les cache à tous les yeux. Mais leur haute stature
Signale des guerriers, des héros de renom,
Pareils au prompt Achille, au grand Agamemnon.

Tous deux allaient punir, foudroyer l'arrogance,
Justifier la Reine, et sauver l'innocence,
Quand Noctar, qui leur lance un regard inhumain,
Par cet arrêt cruel s'oppose à leur dessein :
Dix guerriers ont vaincu ; rien n'a pu les abattre :
Il faut que l'un de vous s'apprête à les combattre,
De leur haute vaillance affronte le courroux,
Les immole à sa gloire, ou tombe sous leurs coups ;
Il faut que le vaincu, trahi par son courage,
Ose à la vérité rendre ici témoignage,
Et que l'aveugle sort, prompt à nous secourir,
Désigne de vous deux qui doit vaincre ou mourir.
Le couple belliqueux, brûlant d'impatience,
A cet injuste arrêt se soumet en silence.

Un héraut prend les noms : d'abord du roi Clovis,
Nommé le champion de l'amour et des lis ;
Son geste, tout en lui décèle son courage,
Commande le respect, et réclamel'hommage ;
Puis d'Amadis, nommé le vainqueur des géants,
Que la terre vomit de ses gouffres béants.

Tels avaient moins d'éclat au fort de la mêlée
Le formidable Ajax et le fils de Pélée.
Les nouveaux noms dans l'urne introduits, agités,
Ont fait voir aux dix preux de lugubres clartés.
Le nom d'Amadis sort; il sort avec la foudre:
Élevant dans les airs un tourbillon de poudre,
Sa rapide lumière, amante des chrétiens,
A frappé la victime et brisé ses liens
Lorsque, enfant de la nuit et sous son aile affreuse,
Se cache en rugissant la horde ténébreuse,
L'oracle des faux dieux, ses prêtres imposteurs,
Et de l'affreux Noctar les agents délateurs.

Tel un lion numide, affamé de carnage,
Sur un troupeau qui paît dans un gras pâturage
S'élance audacieux, et l'œil étincelant
Les déchire, dévore et s'abreuve de sang.
Ainsi fond Amadis sur le chef formidable,
Que la race des Francs croyait invulnérable.
Le glaive, se plongeant dans le corps du héros,
Est sorti d'une palme au-delà de son dos.
Son coursier, que sa gloire a long-temps fait connaître,
Du même coup chancèle et tombe avec son maître.
L'épouvantable mort de ce guerrier puissant
A glacé de frayeur l'escadron pâlissant.
Le terrible Amadis abandonne sa lance,
Et, comme un léopard qui sur des loups s'élance,
Saisissant son épée en tous lieux son appui,
Sur les neuf qui baissaient leur glaive contre lui
Il se jette, et, pareil au courroux des tempêtes,
Fait voler en trois coups cinq bras armés, deux têtes:

Quatre ont resté. L'airain retentit sous l'acier.
Un sang noir en dégoutte. Il pourfend le premier,
Rompt le crâne au second, coupe en deux le troisième,
Et loin de son coursier jetant le quatrième,
Il s'est précipité sur lui comme un éclair,
Et portant sous le cou la pointe de son fer :
Si tu crains, lui dit-il, de passer l'onde noire,
De la reine des Francs rétablis la mémoire;
Rends à la vérité, dans ce jour solennel,
L'hommage qu'ici bas lui doit chaque mortel.
Alors, tel qu'un esclave au sortir d'un long rêve,
Sur un bras impuissant le guerrier se relève.
Oui, dit-il, je le jure à la face des Cieux,
Dût éclater sur moi la colère des dieux,
La Reine est innocente. Une haine jalouse
En vain du roi des Francs a dégradé l'épouse;
Son vengeur a paru sur le monde ébranlé.
Hommage à la vertu, le crime est dévoilé.
Il dit, son front se ride; il gémit, il soupire,
Se relève un instant, chancèle, tombe, expire.

Le peuple, jusqu'alors à sa douleur en proie,
Soudain de tous côtés pousse des cris de joie :
Amour fait tressaillir cette immense assemblée.
A leurs yeux attendris la Reine dévoilée
Se montre, et dans les airs mille cris triomphants
Que poussent à la fois hommes, femmes, enfants,
Et répètent au loin les forêts ébranlées
Les coteaux verdoyants, les profondes vallées
Semblent jusques aux Cieux loin du crime abattu
De la reine des Francs élever la vertu.

L'allégresse déjà partout se manifeste :
Tous veulent contempler cette beauté céleste,
Lui parler, s'enivrer du plaisir de la voir.
Aimable vérité facile à concevoir !
Ceux qui dans le moment n'ont pu s'approcher d'elle,
Éblouis de l'éclat de sa gloire immortelle,
Se prosternent. Ceux-là de pleurer ont besoin ;
Ceux-ci dans leurs transports se la montrent de loin :
La voilà, disent-ils, cet ange de la terre,
Qui chasse loin de nous le fléau de la guerre ;
Que de grâces, d'attraits et de suavité !
Ah ! c'est, n'en doutons pas, une divinité !

Cependant à grand bruit la foule croît, s'avance,
La Reine sur un char, aux yeux d'un peuple immense,
S'élève, et des héros qu'amour sut enchaîner
Se disputent en vain l'honneur de le traîner :
De pudiques beautés dont notre œil est avide,
La naïve innocence et la vierge timide,
La piété sublime et l'ardente ferveur
Ont seules obtenu cette insigne faveur.
Ivelane, Armoflède, Anaïs, Angelone,
L'agréable Eucharis, la turbulente Eone,
La gracieuse Orée et la sensible Emma,
Que pour charmer les cœurs le tendre amour forma,
Entonnent un cantique, et, marchant à leur tête,
De ce long jour de deuil ont fait un jour de fête.

Alors du triple Ésus publiant les bienfaits,
Un monde a proclamé la reine des Français.
Tandis qu'elle rentrait, de roses couronnée,
Au palais d'où naguère à la mort condamnée,

Elle sortit soumise aux ordres de Clovis ;
Tandis que dans ses bras on rapportait son fils,
Et que, se rappelant de royales tendresses,
Elle lui prodiguait les plus vives caresses ;
Le peuple, exaspéré contre ses oppresseurs,
Célèbre à haute voix ses vaillants défenseurs,
Poursuit avec ardeur les fourbes et les traîtres,
Arrache les poteaux, et, menaçant les prêtres,
Renverse, foule aux pieds et licteurs et soldats,
Rugit et souffle au loin la fureur des combats.
Sans des héros armés de lances homicides,
C'en était fait alors des farouches druides.

Tel sur des rocs affreux qu'il détache en courant
D'un sommet escarpé tombe et roule un torrent.
Arrachés non sans peine à leur chère patrie,
Les arbres, les granits, brisés dans sa furie,
Ne sauraient arrêter son cours impétueux :
Seule une roche antique au front majestueux,
Refoulant tout à coup ses ondes mugissantes,
Il écume, retombe en cascades bruyantes,
Et court s'unir, le soir, à ce fleuve lointain
Dont il s'est, imprudent, séparé le matin.

Tel ce peuple à regret épargne l'imposture,
Que protége des preux la formidable armure.
Il insulte Noctar ; et Noctar, furieux,
Le menace en fuyant du courroux de ses dieux.
Quant au libérateur de l'admirable Reine,
Avec son compagnon descendu sur l'arène,
On ne se lasse point d'exalter sa valeur,
Et de tous les guerriers il passe pour la fleur.
On le met au-dessus du Roi, d'Amadis même.

Clovis à ce discours sent un dépit extrême,
Et, mesurant de l'œil ce superbe rival,
Dont son orgueil jaloux se croit au moins l'égal,
Il ose insolemment lui disputer sa gloire,
Et, se croyant déjà certain de la victoire,
Par un signe héroïque et plein de majesté,
Il lui lance ces mots avec rapidité :

Formidable étranger, barbare, esclave ou maître,
C'est l'épée à la main que je veux te connaître.
Il dit, et lance à terre, aux yeux du chevalier,
Le gage chez les Francs du combat singulier.

L'invincible Amadis, que ce héros outrage,
Par un sourire amer atteste son courage,
S'indigne, et, furieux de se voir prévenir
Par ce même guerrier qu'il désirait punir,
D'un geste aussi rapide et non moins énergique,
En ramassant le gage il accepte, et réplique :
« Qui que tu sois qui veux éprouver ma valeur,
Tu ne me connaîtras que trop pour ton malheur. »
Il dit; et sur les pas du héros de la France,
Pareil au léopard, il bondit, et s'élance.

Un écuyer les suit. Clovis en ce moment
Revenait par degrés de son emportement.
Clovis, qui de régner fit sa plus chère étude,
Se reproche en ces mots sa noire ingratitude :
Ma Clotilde est fidèle; on la sauve : est-ce à moi
De punir un bienfait qu'il faut payer en roi ?
Faut-il qu'épris toujours d'une fureur jalouse,
Pour aggraver les maux d'une si noble épouse,
Je vienne encore ici, tigre dévastateur,

Plonger ce fer au sein de son libérateur?
Qu'ai-je fait? en ce lieu quel sang vais-je répandre :
Hélas ! il n'est plus temps, je ne puis m'en défendre.
Malheureux, que dis-tu? sa vie est ton secours :
Tu dois la protéger aux dépens de tes jours.
Oui, je le dois, le veux, et le jure à moi-même,
Me fallût-il ici braver Jupiter même.
Non, tu ne mourras pas, trop généreux ami,
Tes hauts faits ne sauraient m'obliger à demi.
Qui sauve mon honneur assure ma couronne ;
Le soutien de ma gloire est le soutien du trône.

Au centre d'un grand bois consacré par les dieux.
On arrive. Un champ clos se présente à leurs yeux.
Tout dans ce lieu terrible inspire l'épouvante,
Tout y semble enchaîné par une main puissante.
La fleur s'y décolore, et, poussant un soupir,
Y meurt loin des baisers du volage zéphyr.
L'arbre est sans majesté, la terre sans parure,
Le feuillage sans air, le ruisseau sans murmure.
L'invincible terreur, la haine au cœur d'airain
Y semblent présider un poignard à la main.

Muse dont la trompette illustrant nos murailles,
Électrise les cœurs au milieu des batailles,
Toi qui chantes les rois, les sages, les héros,
Sur le trône des Cieux, sur la voûte des flots,
De ces preux chevaliers, enchanteresse aimable,
Célèbre les hauts faits, la gloire incomparable.

Clovis, pour éprouver le chevalier vainqueur,
Affecte une pensée étrangère à son cœur,

Et confie à voix basse au nouvel interprète
Le superbe défi que celui-ci répète.

Chevalier, que j'estime à l'égal de Clovis,
Tu vois devant tes yeux le rival d'Amadis.
Témoin de tes exploits pour la Reine de France,
Je viens à leur défaut défier ta vaillance.
L'objet qui nuit et jour fait palpiter mon cœur
A contre cent guerriers excité ma valeur;
Sa voix enchaînerait le maître du tonnerre;
Jamais rien de si beau n'a brillé sur la terre.
Rends hommage à sa gloire, adore ses appas,
Célèbre son triomphe, ou redoute mon bras.

L'autre écuyer répond : Ta superbe jactance
Va trouver dans ces lieux sa juste récompense.
Que le soleil commence ou termine son cours,
Clovis est le plus grand des héros de nos jours,
Et Clotilde, en tout temps belle et majestueuse,
Est et la plus aimable et la plus vertueuse :
Elle a sur tous les cœurs un pouvoir souverain,
Je vais te le prouver les armes à la main,
Et, vouant à la mort ta fureur impuissante,
Suspendre à cet ormeau ta dépouille sanglante.

Amadis, à ces mots, met sa lance en arrêt;
Clovis en fait de même. Ils partent comme un trait.
Tel le choc du bélier renversant les murailles,
Ou le fracas tonnant du bronze des batailles,
Ce moderne instrument de la destruction
Qui sème dans les cœurs la consternation.
Tel est de ces guerriers le choc épouvantable;
Le courage indompté, la force incomparable.

Plus prompte que l'éclair leur lance avec fracas
Se brise dans leurs mains et s'envole en éclats.
Cet effort de guerriers en prodiges fertiles
Debout dans les arçons les retrouve immobiles.
Mais le nouveau coursier dont l'a doué le sort
Sous l'illustre Clovis chancèle et tombe mort.
L'autre, dont la belle âme égale le courage,
Est loin de profiter d'un si grand avantage :
Il s'arrête aussitôt; descend de son coursier,
Et le confie au soin d'un fidèle écuyer.

Ces guerriers dont le bras sème au loin l'épouvante,
Arrachant du fourreau l'épée étincelante,
Commencent un combat dans ces sauvages lieux,
Digne d'être admiré de la terre et des Cieux :
Sous leurs coups redoublés tous les échos gémissent,
Les antres, les vallons, les forêts retentissent;
Le fer d'un art cruel suit les barbares lois,
Se croise, hausse, baisse et heurte mille fois;
Chacun d'eux tour à tour oppose avec adresse
Le flegme à la fureur, la force à la souplesse,
Et soumis à ce dieu dont il est le soutien,
Pressé par son rival, ne ménage plus rien.
Ce que peut inventer la haine et le courage,
Ruses, feintes, détours, tout est mis en usage.
Comme un double serpent qui se croise dans l'air,
Le trépas, à la pointe, au tranchant de leur fer,
Trompe l'œil effrayé de ses ruses nouvelles,
Et fait jaillir au loin des milliers d'étincelles.
Les coups que ces guerriers se portent à la fois
Font tressaillir d'horreur les habitants des bois.

Cependant on accourt annoncer à la Reine
Que ses deux chevaliers, dans la forêt prochaine,
Exaltés par la gloire, égarés par l'amour,
Vont d'un trépas célèbre ensanglanter ce jour.

A ce triste récit Clotilde échevelée,
Palpitante d'effroi, tremblante, désolée,
Et qu'honore en passant un peuple admirateur,
Sort et vole au secours de son libérateur.
« Ah! dit-elle, songeons que sa gloire est la mienne,
Qu'il a sauvé ma vie en exposant la sienne.
Par un charme vers eux je me sens attirer;
Ces héros me sont chers, courons les séparer.

Des prêtres cependant la secte druidique
N'exerce plus au loin son influence inique.
La mort de Bellovac a glacé leurs esprits,
Et tous ont résolu d'abandonner Paris;
Quand Torval, que dévore une secrète rage,
Entre dans l'assemblée et leur tient ce langage.

Médiateurs sacrés entre l'homme et les Cieux,
Doux présents qu'à la terre ont accordé les dieux;
Quand nous sommes en proie aux mortelles alarmes
Vous nous quittez. Paris pour vous n'a plus de charmes;
Privés de vos conseils, sans appui, sans secours,
Qui de nos maux présents va suspendre le cours?
Qui du Crucifié détruira la puissance,
Qui fléchira les dieux, qui sauvera la France?
Ah! restez... un vengeur, suscité parmi vous,
Des immortels demain va servir le courroux.
Un Dieu m'est apparu resplendissant de gloire;
Veux-tu monter, dit-il, amant de la victoire,

Au faîte des grandeurs et de la liberté,
Et t'enivrer du vin de ta prospérité?
Écoute-moi. Ton père est mort d'un coup de lance,
Et son ombre indignée a demandé vengeance.
Exauce-la, mon fils; au nom de tes aïeux
Cours venger Bellovac, ta patrie et les dieux.
Ne crains rien. Qu'à jamais l'honneur soit ton partage.
Pour le salut des Francs arme-toi de courage,
Cours arracher le cœur au barbare Amadis,
Te baigner dans le sang du perfide Clovis.
Vers ce but, à ma voix, marche avec confiance,
Et la faveur des dieux sera ta récompense.
Il dit, et s'élevant sur un char triomphal,
Par les bruyants éclats de son rire infernal
Il m'inspire en fuyant une force inconnue,
Et de nombreux éclairs ont déchiré la nue.

Divinités des Francs ne m'abandonnez pas,
Pour vous, pour mon pays, je brave le trépas.
Demain, consolez-vous, ô mânes de mon père,
Je vais dans l'Ifurin plonger le téméraire,
Et le précipiter près du nocher Charon
Sur les bords ténébreux de l'avare Achéron.

Secondez mes efforts, ennemis des athées,
Saronides fameux (1), illustres Semnothées (2);
Invoquez cette nuit le puissant Bélénus (3),
La sombre Thermutis (4) et la blonde Hélanus (5);

(1) Ancien nom des druides.
(2) *Idem.*
(3) Nom que les Gaulois donnaient à Apollon.
(4) L'Isis irritée des Égyptiens, qui dictait aux hommes la peine de mort.
(5) Nom de la lune.

Protége, ô Teutatès, l'heure du sacrifice,
Et que le grand Ésus à mes vœux soit propice.

Va, lui répond Noctar, va, jeune audacieux;
Cours, j'ai lu ta victoire et ton nom dans les Cieux.
Ta couronne a brillé sur le char des tempêtes;
La voix de Camulus (1) et le son des trompettes
A résonné. Les dieux de la terre et des flots,
Ardents à protéger nos ligues, nos complots,
Se lèvent en courroux. Cent ombres lamentables,
Les astres à nos vœux se montrent favorables:
Je les ai vus briller tandis qu'un cercle noir
Environnait le front de l'étoile du soir.

Jeune homme, écoute-moi, lui dit l'enchanteresse,
A ton noble dessein Velléda s'intéresse.
J'ai de la lune hier consulté le croissant:
Son disque à mes regards obscur, taché de sang,
Pâlit, se renouvelle, et son triple visage
Sur le trône des airs va briller sans nuage:
La Sélène des Grecs (2), la Méni des Hébreux (3)
Au peuple comme aux grands promet des jours heureux;
Mais il faut extirper cette plante funeste,
Capable d'attirer la colère céleste.
Un guerrier doit périr. Que ce soit Amadis.
Garde-toi d'attenter aux jours du grand Clovis:
Il est chéri du Ciel. Ésus prend sa défense,
Et le fier Camulus, d'une grandeur immense,
Est, dit-on, jour et nuit, debout à ses côtés.

(1) Le Mars des Gaulois.
(2) Nom de la lune.
(3) *Idem*.

C'est, protégé par lui, qu'il surprend les cités,
Qu'il a de Mérovée agrandi les conquêtes,
Et s'élance au combat comme à d'illustres fêtes :
En un mot c'est par lui qu'il rompt les bataillons,
Et brise les remparts au sein des tourbillons.
Au camp de ce héros Amadis va se rendre ;
C'est là que sous mes yeux tu pourras le surprendre :
Ailleurs le grand Esprit environne ses pas,
Et le fait triompher au milieu des combats.
Infidèle à ce Dieu qu'il irrite sans cesse
Par les égarements d'une folle tendresse,
Sous sa tente amolli, combattu tour à tour,
Presque à demi vaincu par un sommeil d'amour,
A tes coups assurés l'astre de la vengeance
Va dans le sein des nuits le livrer sans défense.
Cours donc. Mais avant tout reçois au nom des dieux,
Pour diriger ton bras, ce livre précieux.
La demi-page lue aux éclats du tonnerre,
Du pied gauche aussitôt frappe trois fois la terre,
Et du sombre manoir en ce lieu fourvoyé,
Un ministre subtil à ton œil effrayé
Va paraître. Confie à son intelligence,
A son rare savoir tes projets de vengeance ;
Poursuis de ses conseils les vastes profondeurs,
Et tu vas t'élever au faîte des grandeurs.
A ces mots Velléda, triomphant dans son âme,
Au farouche guerrier remet le livre infâme ;
Et celui-ci, charmé, ravi de ses appas,
Cache l'œuvre perfide, et s'éloigne à grands pas.

FIN DU CHANT ONZIÈME.

LA CLOVISIADE.

CHANT DOUZIÈME.

ARGUMENT.

Suite du combat de Clovis et d'Amadis. La Reine arrive et les sépare. Ils lèvent leur visière, et Clotilde reconnaît les deux rivaux. Satisfaction du Roi. Velléda lui apparaît au milieu d'un tourbillon. Menaces de l'enchanteresse. Réponse de Clovis. Situation touchante de la Reine et d'Amadis. Exaltation de ce dernier. Discours du Roi. Amadis les quitte pour se rendre au camp. Réconciliation des deux époux. Ils sont ramenés en triomphe à leur palais. Entretien et éclaircissement. Nuit paisible. Doux réveil. Séparation douloureuse; adieux de Clovis. Il passe à Nanterre. Instructions, avis et prédictions de sainte Geneviève. Clovis la quitte, admire en passant le champ de bataille où Amadis a défait deux mille hommes, et se rend de là au camp des Ardennes. Torval, fils de Bellovac, se met en route. Apparition d'un ministre de l'enfer. Pacte qu'il fait avec lui. L'Esprit des ténèbres lui promet sa protection, et le transporte avec rapidité au camp du Roi, dans le dessein d'exécuter ses complots contre Amadis. Dénombrement de l'armée de Clovis et des rois confédérés. Torval, résolu d'immoler les deux héros, se détermine à commencer par Clovis. Invocation à la Nuit et aux autres dieux. Il s'arme du poignard, et se glisse parmi les gardes du Roi.

LA CLOVISIADE,

OU LE TRIOMPHE

DU CHRISTIANISME EN FRANCE.

CHANT DOUZIÈME.

Pour l'un des champions fidèles à la gloire,
Le sort n'a pas encor fait pencher la victoire.
Chacun attaque et pare avec la même ardeur,
Menace tour à tour le visage et le cœur,
Suit dans ses mouvements ceux de son adversaire,
Et semble deviner son désir sanguinaire.
Habile dans son art, l'un et l'autre guerrier
Aux coups de son rival s'expose tout entier,
Pour du rapide fer qu'agite sa vaillance
Le frapper à l'endroit qu'il trouve sans défense.
Des ruses de son art Clovis préoccupé
Par son propre artifice est lui-même trompé:
Tandis que de son fer la pointe meurtrière
De son ardent rival menace la visière;
Le glaive d'Amadis vient effleurer son sein.
Ce grand coup qu'amortit le bouclier divin,
Laissant de son passage une légère trace,

De son précieux sang a rougi sa cuirasse.
Étonné, furieux, le terrible Clovis
Riposte un coup pesant sur le front d'Amadis.
Mais l'airain, se riant de ses fureurs nouvelles,
A fait bondir l'acier. Des milliers d'étincelles
En ont jailli. Du coup le bois est ébranlé,
Les airs en ont frémi, la terre en a tremblé.

La pesanteur du bras pareil à la tempête
Au superbe Amadis a fait baisser la tête,
Quand la Reine, intrépide et les cheveux épars,
Arrive et pousse un cri : Nobles enfants de Mars,
Dit-elle, suspendez votre jalouse rage;
Vous avez surpassé les héros du vieux âge.
Je vous salue aux yeux de la terre et des mers
Les plus vaillants guerriers qu'ait produit l'univers.
Tous deux vous m'êtes chers ; contentez mon envie,
Et faites-moi connaître à qui je dois la vie.
Si naguère à la mort vous sûtes m'arracher,
Vivez pour mon repos. Ah ! laissez-vous toucher,
Au nom du roi Clovis et de votre vaillance,
Accordez cette grâce à ma reconnaissance.
Qui pourrait exprimer la joie et le plaisir
Produits par ces accents qu'achève un doux soupir.
Esclaves fortunés du dieu qui les enchaîne,
C'est celle que des cœurs il a fait souveraine;
Cette beauté céleste aux ravissants appas,
Que leur glaive a sauvé des portes du trépas,
C'est Clotilde, un trésor dont leur âme est jalouse,
Une amante adorée, une fidèle épouse,
Les suppliant tous deux de vivre pour aimer
Le seul objet charmant qui sut les enflammer.

Tel un ange, ébranlant des voûtes souterraines,
D'un couple infortuné rompt les pesantes chaînes,
Ou telle que la voix qui tonne aux sombres bords
Apaise l'Océan et réveille les morts,
Et, versant dans les Cieux des torrents d'harmonie,
Au sein de la splendeur enfante le génie :
Ainsi de la vertu les célestes accents
Ont soumis et dompté ces lions rugissants ;
Ainsi de la beauté le pouvoir invincible
A fléchi de ces preux la colère terrible,
Et de leur haine aveugle enchaîné la fureur.
Ils lèvent leur visière... ô surprise ! ô terreur !
L'œil de Clovis s'allume. Alors ouvrant la nue
L'aimable Vérité s'avance, et demi-nue
Lui sourit. Il la voit, et ses divins attraits
De sa haine jalouse ont repoussé les traits.
Amadis plein d'amour, de respect pour son maître,
Clotilde l'appelant la moitié de son être,
Se jettent à ses pieds : ô Clovis ! ô mon roi !

Va, répond le héros, je suis content de toi :
Triomphez aujourd'hui, venez, âmes fidèles,
La Vérité, l'Honneur vous couvrent de leurs ailes.
Amadis est vainqueur ; il est le plus vaillant ;
Clotilde la plus sage. — Et Clovis le plus grand.
Immortelle faveur ! quoi ! le chef de la France
A voulu par lui-même éprouver ma vaillance,
Combattre contre moi. D'où me vient ce bonheur,
Ce rare privilége et cet insigne honneur ?
Qui, dans ce jour, m'élève à ce degré de gloire ?

— Tes merveilleux exploits que j'avais peine à croire,

Ce que de tes hauts faits j'entendais raconter,
Au même instant nos yeux t'ont vu l'exécuter.
Pour la Reine des Francs, quelle erreur fut la mienne!
J'ai voulu mesurer ma vaillance à la tienne,
Combattre son sauveur. J'ai voulu dans ce jour
Mériter son estime, et venger mon amour.
Les dieux en soient bénis! tout sourit à ma gloire:
Mon bras t'a disputé l'honneur de la victoire;
Sa vertueuse épouse est rendue à Clovis,
Et dans un autre Achille il retrouve Amadis.

Il dit, la foudre brille, et, déchirant la nue,
Au milieu des éclairs roule dans l'étendue,
Éclate et tombe aux pieds des favoris de Mars.
Un bruit pareil au bruit de la course des chars
Retentit dans les airs. Une voix formidable
A proféré ces mots: Tremble, prince coupable;
Mortel, que jamais rien ne semble épouvanter;
Tremble, sur toi les Cieux vont se précipiter.
Les dieux qu'avaient conquis nos fortunés rivages
Te lèguent en fuyant la foudre et les orages,
La révolte, l'effroi, la consternation,
Le ravage, la mort et la destruction.
Tu les verras bientôt, armés de leur tonnerre,
Soulever contre toi les peuples de la terre,
Confondre ton orgueil, déjouer tes projets,
Déshonorer ta couche aux yeux de tes sujets,
Et livrer à des rois affamés de carnage
De tes nobles aïeux le superbe héritage.

Il n'est que deux moyens de fléchir leur courroux,
De sauver la patrie et de régner sur nous;

D'éterniser des Francs la haute destinée :
C'est de briser le joug d'un honteux hyménée,
D'exiler pour toujours l'effroi du nom français,
Celle avec qui les dieux ne sauraient vivre en paix ;
C'est de répudier une orgueilleuse Reine,
D'abattre sa puissance et de rompre ta chaîne ;
C'est enfin de jurer sur l'autel de nos dieux,
Seuls présents sur la terre, aux enfers, en tous lieux ;
A leur culte suprême, éternel, formidable,
Une fidélité sublime, inaltérable,
Et, brisant de la croix les fragiles soutiens,
D'exterminer ici la race des chrétiens.
Il en est temps encor ; choisis ou leur clémence,
Ou les traits enflammés qu'aiguise leur vengeance.

Soutenu par un dieu, l'illustre souverain
Aux coups de la tempête oppose un front serein.
Que veut, répond Clovis, le maître du tonnerre ?
Est-ce ainsi que le Ciel interroge la terre ?

—Renonce à ton épouse, ou crains l'arrêt du sort.
Renonce-s-y. —Jamais : ou Clotilde ou la mort.
— Cent peuples contre toi vont se lever en masse.
Ils viendront... — Je saurai les remettre à leur place.
— Contre ces rois puissants qui sera ton appui ?
— Le Dieu qui les diperse et chasse devant lui.
— Les Francs vont te ravir Clotilde et la couronne,
T'abattre. — Ils n'oseraient : la foudre m'environne.
— Abandonne la Reine à mon juste courroux ;
Pour la dernière fois elle a vu son époux.
— Qui m'ose ici parler avec tant d'arrogance ?

— Qui m'ose ainsi répondre? Au bruit de ma vengeance
Avec la vie un jour je te l'arracherai.
— Qui la menacera je l'exterminerai.
Viens donc nous le ravir, cet ange de la terre:
A toi-même, à tes dieux je déclare la guerre.
Sa vertu, mon épée et le bras d'Amadis,
Voilà contre cent rois le rempart de Clovis.
Qu'ils viennent!.. qu'ai-je dit? bien loin de nous surprendre
Je cours les attaquer; puissent-ils nous attendre!

Adieu, dit la prêtresse; au jour de la terreur
Je te visiterai. Tremble et crains ma fureur.
Puisse-t-elle à jamais comme une fange immonde
Te saisir, t'enlacer, t'absorber dans son onde,
Et te précipiter avec des cris affreux
Dans l'avide Ifurin, tombeau des malheureux.
Son char fuit à ces mots, roule et presse la nue.

Aux termes de sa haine, hélas! que trop connue,
Redoutant pour Clovis d'infaillibles malheurs,
La Reine lève au Ciel ses yeux mouillés de pleurs.

Grand Dieu, ne permets pas que l'arrêt s'accomplisse;
Fais plutôt que pour lui moi seule je périsse!

Elle dit, et le front de splendeur couronné,
Ceint d'un voile d'azur, vers la terre incliné,
Mains jointes, en extase elle reste immobile.
Sa tête se relève. Elle est calme et tranquille.
En la voyant ainsi dans ces sauvages lieux,
Oublier l'univers, l'œil tourné vers les Cieux;
Les longs plis de son voile, ondoyante parure,
Caresser tour à tour sa noire chevelure,

Son cou d'albâtre, un sein, trésor inaperçu,
Qu'amour fait palpiter sous le jaloux tissu;
On eût cru voir un ange élancé de la terre,
Qu'au milieu de l'éther a surpris le tonnerre,
Et qui, sur une plage où grondèrent les Cieux,
Venant de ralentir son vol mystérieux,
Après avoir séché ses transparentes ailes,
S'apprête à revoler aux voûtes immortelles.

Pour Amadis, après de pénibles efforts,
Ne pouvant contenir ses amoureux transports :
Elle est digne du Ciel autant que de vous-même,
Seigneur; ainsi l'a dit un oracle suprême;
Ainsi l'a dit le crime à la voix du vainqueur.
Je ne vous cache pas ce qu'éprouve mon cœur;
Votre admirable épouse exalte mon courage,
Souffrez qu'à ses vertus j'adresse mon hommage.

— Va, je te le permets; qui ne l'aimerait pas,
Qui ne serait touché, ravi de ses appas!
On ne se défend point contre un objet aimable,
D'autant plus dangereux qu'il est plus adorable.
Suis donc la noble ardeur qui t'enflamme aujourd'hui :
Sois, puisqu'un Dieu le veut, notre plus ferme appui.

Invincible soutien de l'autel et du trône,
Levez-vous, Amadis, orgueil de ma couronne;
Allez avec mes Francs combattre les Germains,
Vaincre un peuple féroce et changer ses destins :
Le plus grand des guerriers doit en être la gloire,
Et c'est de ses exploits que dépend la victoire.

J'accepte vos bontés, lui répond Amadis;
Je suis tout à l'honneur, à Clotilde, à Clovis.

Des rois dont je descends j'aurai le caractère.
Grand, généreux, loyal, équitable, sincère,
Je sais rendre en tous lieux hommage à la beauté,
Protéger l'innocence et la fidélité.
Guerre à la trahison. Loin de moi la bassesse
Que peut faire commettre une indigne faiblesse :
Ma devise est l'honneur, le triomphe ma loi.
Tels sont mes sentiments. — Ils sont dignes de toi.

Pour mon Dieu, pour Clovis, Clotilde et la patrie,
Je combattrai, s'il faut, tous les jours de ma vie :
Pour ces objets divins je suis prêt à mourir ;
Mon cœur battra pour eux jusqu'au dernier soupir,
Et le cri d'Amadis au champ de la vaillance
Sera ces mots sacrés : Mon Dieu, mon Roi, la France.

Tels furent les accents dignes de ces héros.
Amadis et le Roi s'embrassent à ces mots.
Celui-ci que séduit l'aspect de ce qu'il aime,
Se dispose en ce jour à se vaincre lui-même,
Et par un noble adieu qu'elle rend à son tour,
Lui jurant en secret un éternel amour,
Il remonte agité sur son vélocipède,
Et s'éloigne semblable à l'époux d'Andromède.
Ils l'admirent long-temps, et le héros trois fois
Se dérobe à leurs yeux dans l'épaisseur du bois.

A l'heure où dans les eaux la naïade se plonge,
Où l'ombre des sapins vers l'orient s'allonge,
Clovis, comme séduit par un enchantement,
Ne sait s'il dort ou veille en son ravissement.

Objet infortuné de ma fureur jalouse,
Est-ce bien toi, dit-il, ô ma céleste épouse!
Puis-je en croire mes sens. Un Dieu m'a-t-il rendu
Le bien qu'à son réveil mon âme avait perdu;
La gloire des Français, le bonheur de ma vie,
Noircis par l'imposture et souillés par l'envie?
Je ne m'abuse pas; oui, c'est l'Être divin
Que dans mes doux transports j'ai pressé sur mon sein;
Ah! comment de t'absoudre a-t-on pu se défendre!
A de si nobles traits qui pouvait se méprendre!
Oublie, ange du Ciel, de pénibles instants;
Lève sur moi tes yeux de lumière éclatants;
Pardonne à ma colère aveugle, inexorable;
Pardonne à ton époux, il n'est que trop coupable:
Mais il t'aima toujours. — Mon Seigneur et mon Roi.
— Chère épouse, j'étais plus à plaindre que toi.
Je les prends à témoin ces maîtres invisibles,
Tyrans de la vertu, majestés inflexibles;
Fatigué des honneurs, du vain titre de roi,
Méprisant l'univers qui ne m'est rien sans toi,
Ma bouche prononça ta sentence et la mienne:
Ma mort, n'en doute pas, aurait suivi la tienne;
Ou l'enfer à Noctar eût prêté son secours,
Ou je t'aurais sauvée au péril de mes jours.
Mais c'est trop m'excuser: restons à notre place;
C'est un indigne époux qui demande sa grâce.
Lui pardonneras-tu de s'être abandonné...
— Le coupable qu'on aime est toujours pardonné.
— Ne maudiras-tu pas son indigne faiblesse?
— Je n'ai qu'un sentiment, celui de ma tendresse.
— Mes crimes envers toi m'assiégent nuit et jour.
— Ce ne sont plus les tiens, ce sont ceux de l'amour.

— Ange de paix qu'un Dieu, las des maux de la guerre,
Pour le bonheur du monde envoya sur la terre;
Objet consolateur, seul fait pour nous charmer,
Quels que soient mes forfaits tu consens à m'aimer;
A m'offrir le pardon qu'à tes genoux réclame
Un époux égaré par sa jalouse flamme,
Et dont l'affreux soupçon, toléré par ses dieux,
Plaça l'or dans la boue et l'enfer dans les Cieux.

— Efface de ton cœur ce souvenir funeste;
Vis en paix, lui répond cette femme céleste;
Sur la terre d'exil, dans l'immortel séjour,
Je me rappellerai l'ardeur de ton amour.
Puisse un jour le Seigneur dont la beauté m'enflamme,
Dans sa joie ineffable éterniser notre âme.

— Ici, comme au séjour de l'éternelle paix,
Puisse-t-il exaucer tes généreux souhaits!
Victime que je suis de mon erreur extrême,
En proie à mes remords, en horreur à moi-même,
Jaloux de mériter ton pardon glorieux,
Je veux dès ce moment me blanchir à tes yeux,
Et pour en extirper le principe funeste,
Satisfais mon désir: dis-moi, femme céleste,
Quel récit imposteur comme nous t'égara,
Et noircit à tes yeux la vertu de Cora?

Alors à son époux cette Reine si pure
Rapporte les discours, les vœux de l'imposture,
Et l'effroi dont Lombel, prophète de malheur,
Par son nouveau récit aggrava sa douleur.

— De forfaits mensongers quels tissus incroyables !
Spectres de l'Achéron, larves impitoyables,
Pâles divinités, que vous a fait Clovis ?
Que vous ont fait Cora, mon épouse, mon fils ?
Épargne-les, ô sort, dispose de ma vie ;
N'exerce que sur moi ta barbare furie.
Ils n'ont que trop connu ta rigoureuse loi :
Que j'expire pour eux, et qu'ils vivent pour moi.
Ne persécutez plus cet objet adorable ;
Calmez-vous, Dieu vengeur, soyez-lui favorable !
Il dit, et le cœur plein de tristesse et d'amour,
En discourant ainsi vers le déclin du jour,
Leurs pas s'acheminaient vers la demeure antique
Où dorment de vingt rois la majesté celtique :
Sous l'ombrage lugubre où brillent des tombeaux
Ils arrivent bientôt aux lueurs des flambeaux.
On vole au-devant d'eux. L'heureux couple s'avance.
Son escorte est l'amour ; sa garde un peuple immense,
Dont les bruyants concerts mille fois répétés
Dans les airs, sur les monts par les vents emportés,
Exaltant la valeur, l'amour et l'innocence,
Saluaient en passant l'avenir de la France.

Ces époux, qu'un instant vit passer tour à tour
Du plaisir au chagrin, de la peine à l'amour,
Sont entrés au milieu d'une vive allégresse ;
Un essaim de beautés palpitant de tendresse,
Les entoure entraîné par la sensible Emma,
Qu'un regard d'Amadis pour toujours enflamma.
Telles sont du plaisir les heures fugitives,
Ou sur le bord des aux les naïades craintives
Saluant du soleil le retour matinal,

Telles sont ces beautés près du couple royal.
Clodomir, qu'Anaïs soulève non sans peine,
Passant des bras du Roi dans les bras de la Reine,
Répond à leur souris par un souris d'amour.
Le héros attendri, subjugué tour à tour,
Exprime à ces objets, dans son ardeur brûlante,
Les regrets, les désirs d'une âme impatiente,
Dans ses bras valeureux les presse avec transport,
Pleure, accuse les dieux, et gémit sur son sort.

Après que dans le sein de sa chère princesse
Il eut, ivre d'amour, épanché sa tendresse,
Ce prince généreux, que son cœur égara,
Lui raconte l'histoire et la mort de Cora.
A travers le récit des pompeuses merveilles,
Dont le saint solitaire a charmé ses oreilles;
Il cite les combats qu'en ce lieu solennel
Cora vint lui prédire au nom de l'Éternel,
Fait la description de l'armure céleste,
Revient sur les conseils que sa candeur atteste,
Et rappelle avec calme, avec simplicité,
Ses immortels exploits dans le camp révolté,
Et le pardon chéri d'une odieuse trame
Qu'aux larmes de saint Vast accorda sa grande âme.

La Reine à ce récit adore le Seigneur:
L'espérance renaît dans le fond de son cœur.

Sois béni, Jéhovah, de ces faveurs nouvelles
Que tu répands sur lui; couvre-le de tes ailes.
O mon Dieu, pour ta gloire et le salut de tous
Achève de ravir le cœur de mon époux;

Poursuis-le, doux Jésus, de rivage en rivage,
Achève, Dieu d'amour, achève ton ouvrage.

Ainsi s'entretenaient ces deux nobles époux.
L'hyménée et l'amour à des moments si doux
Ont mêlé leurs plaisirs, et la nuit déjà sombre
Sur les pas du silence a voilé de son ombre
Leurs soupirs, leurs baisers, chastes enivrements
Ignorés ici bas des vulgaires amants.
Sans trouble et sans remords leur âme s'est unie :
Un calme, les douceurs d'une paix infinie,
S'épanchent sur leurs sens par degrés amortis,
Et le sommeil a clos leurs yeux appesantis.

Sous les feux d'hyménée ils reposaient encore,
Lorsque la nuit s'éloigne et fait place à l'aurore.
Clotilde à son aspect rougit, baisse les yeux.
Mais son ardent époux, Sicambre audacieux,
Que dans la Germanie attendait la victoire,
S'indigne d'un repos ennemi de sa gloire,
Et, cher à la beauté, s'arrache de ses bras.

Tel un coursier fougueux, l'ornement des haras,
S'éveille au bruit du cor, au son de la trompette ;
Son épaisse crinière a bondi sur sa tête,
Par ses naseaux brûlants il souffle la terreur ;
Au-devant du péril il court l'œil en fureur.
Déjà précipité vers les champs olympiques,
Sur des bords hérissés de lances et de piques,
Il respire la guerre, appelle les combats ;
La terre au loin résonne et tremble sous ses pas.
Ainsi le roi s'éveille, et de son lit s'élance.

— Tu me quittes. — Je vole au secours de la France.
Il s'habille à ces mots, prend son casque d'airain,
Sa cuirasse d'argent, son bouclier divin,
Et suspend à ses flancs sa redoutable épée.
Tremblante pour ses jours, de son âme occupée,
Et redoutant pour lui d'inévitables maux,
La Reine s'est levée, et lui parle en ces mots:

Si celle dont le Ciel protégea l'innocence
A pu de ton courroux calmer la violence,
Avant de me quitter peut-être pour toujours,
Grand prince, il en est temps, écoute mes discours:
Au nom du Roi des rois, à qui tu dois la vie,
La gloire et la puissance, objets de notre envie,
Je te conjure ici de ne plus différer
A quitter un chemin si propre à t'égarer.

Reviens, mon fils, te dit cette majesté sainte,
De ton souverain bien approche-toi sans crainte.
Peux-tu ne pas m'aimer lorsque, rempli d'amour,
Je descendis vers toi du céleste séjour,
Et que pour toi ce feu réparateur du monde
Me fit naître des flancs d'une vierge féconde;
Peux-tu ne pas m'aimer, quand, rebelle à mes lois,
Pour te sauver, mon fils, j'expirai sur la croix?
Qui peut te retenir, tandisque ma clémence
Te comble des trésors de sa munificence?
Reviens, ingrat, pourquoi renvoyer à demain?
Si je ne t'ai jamais promis le lendemain,
Ose, brisant le joug de ton âme asservie,
Abjurer aujourd'hui les erreurs de ta vie:
L'homme sage du temps sait faire un digne emploi:

Le salut de son âme est sa règle et sa loi.
L'avenir ambigu dans le doute le plonge,
Le présent n'est qu'un point, le passé n'est qu'un songe.
Les grandeurs d'ici bas ne sauraient l'éblouir ;
Il méprise des biens prêts à s'évanouir.
Imite-le, mon fils, ennoblis ta carrière,
Sois docile à ma grâce, et marche à sa lumière.
Elle dit, et Clovis, plein de joie et d'amour,
Croit voir une beauté du lumineux séjour,
Et dans ses traits divins il admire et contemple
L'oracle du Très-Haut, son chef-d'œuvre et son temple.

Chère épouse, dit-il, ma joie et mon trésor,
Belle et tendre moitié, digne d'un meilleur sort,
J'offre à Dieu qui pour lui te fit semblable aux anges,
Un tribut de respects, un concert de louanges.
Soit à jamais béni le Dieu de l'univers,
Amour de l'empyrée et terreur des enfers,
D'avoir par un seul coup de sa toute-puissance
Exaucé l'âme juste et sauvé l'innocence !

Grand esprit, dont partout les regards éternels
Dispensent tes faveurs aux stupides mortels,
Adorable Jésus, bonté, splendeur suprême,
Qui pour sauver les tiens t'es immolé toi-même,
Fais tomber de mes yeux le bandeau de l'erreur,
Éclaire mon esprit, viens régner sur mon cœur;
Et toi par qui j'espère une seconde vie,
Colonne de ma gloire, ô ma céleste amie,
Donne-le moi ce fils, gage de notre amour,
Que Clovis sur son sein vous presse tour à tour.

Il dit, et, plein d'ardeur, ce héros indomptable
Dans les combats terrible, ailleurs sensible, aimable,
Des mains de son épouse, en poussant un soupir,
Dans ses bras valeureux prend son cher Clodomir.
L'innocent, peu troublé, sourit à sa tendresse,
Ouvre ses bras, lui rend caresse pour caresse,
Et joue avec le fer, les armes du héros,
Qui l'admire, l'embrasse, et lui parle en ces mots :

Aimable et cher enfant, délices de ton père,
Après ton Créateur souviens-toi de ta mère.
Garde-toi d'oublier ses soins et son amour,
A qui tu dois deux fois la lumière du jour.
Puise dans les trésors de sa docte sagesse;
Contre mille dangers prémunis ta jeunesse ;
Rends-toi digne du trône où régnaient tes aïeux ;
Que la fin des méchants toujours frappe tes yeux.
Si tu veux aux grandeurs allier l'innocence,
Et faire des mortels respecter ta puissance,
Place dans le Très-Haut ta gloire et ton appui ;
Sois plus grand que ton père et plus sage que lui ;
Et dans un cœur ardent, qu'égare sa jeunesse,
Grave ces vérités que dicta la sagesse :
« C'est pour les nations que naquirent les rois;
Leur mutuel amour est le sceptre des lois.
Un prince belliqueux, jaloux de sa puissance,
A la sévérité doit unir la clémence :
S'il est beau de punir alors qu'on peut tonner,
Il est encor plus beau de savoir pardonner.

O vous, vers qui je sens que s'envole mon âme,
Mon épouse, mon fils, doux objets de ma flamme,

Recevez mes adieux. Je vais dans les combats
Pour l'honneur et la gloire affronter le trépas.
Vous me suivrez partout, votre image chérie,
Votre félicité, l'amour de la patrie
Conduiront mon épée au milieu des hasards,
Et me feront chérir les durs travaux de Mars.
A la guerre, au trépas vous donneriez des charmes;
Sur un sort aussi beau ne versez point de larmes,
Épouse chaste et belle, aimable et doux enfant,
Consolez-vous, Clovis reviendra triomphant.
Daignez faire des vœux pour mes destins prospères,
Devenez mon appui, mes anges tutélaires.
Que ne puis-je vous voir au milieu de mes camps
Exciter la valeur de nos fiers combattants,
Et, montrant à nos yeux les palmes de la gloire,
A mes drapeaux sanglants enchaîner la victoire.
O fortune! ô triomphe!... où vais-je m'égarer!
Inutiles souhaits! Il faut nous séparer.
A ces mots le héros, qu'un tendre amour engage,
A fuir ces doux objets excitant son courage,
Trois fois pour les quitter fait un pénible effort,
Et trois fois sur son cœur les presse avec transport;
Il s'en détache enfin non sans verser des larmes.
Mais redoutant pour lui le pouvoir de ces charmes,
Ce héros indómpté, comparable au dieu Mars,
N'ose tourner sur eux ses avides regards;
D'un enfant, d'une femme il craint le doux sourire,
Les soupirs éloquents, l'irrésistible empire,
Et, voilant son visage où siége la pâleur,
Il s'éloigne et les laisse en proie à la douleur.

Avec le brave Odin, cher au dieu de la guerre,

Le Roi se rend de nuit dans le bourg de Nanterre;
Instruite par le Ciel des desseins de Clovis,
La Sainte le reçoit à l'instar d'Amadis :
Ce prince impétueux, plein d'ardeur pour la gloire,
Craint des rois ses rivaux, chéri de la victoire,
Qu'exalte jour et nuit l'amour de ses sujets,
S'assied et lui fait part de ses vastes projets.

Je sais tout, lui répond cette vierge céleste,
Vous vaincrez les Germains, tout en vous me l'atteste.
De glorieux combats vous sortirez vainqueur;
Mais il vous faut avant régner sur votre cœur,
Accomplir du Très-Haut la volonté suprême,
Vous soumettre à sa loi, triompher de vous-même.
A ce prix vous serez le premier des héros;
Amadis des Germains déjoûra les complots;
Parmi vos légions, ardent comme la flamme,
Il en sera le bras et vous en serez l'âme.

Si, fidèle au Très-Haut, maître de l'univers,
Vous quittez à sa voix la route des enfers,
Vos brillants chevaliers, à la gloire fidèles,
Remporteront pour vous des palmes immortelles,
Vous serez l'espérance et l'orgueil d'Amadis,
Et lui-même sera le rempart de Clovis.
Mais si, de l'Éternel dédaignant la clémence,
Votre culte exécrable excite sa vengeance,
Vous verrez sous vos yeux vos soldats repoussés,
Vos paladins battus, errants et dispersés;
Amadis sous les lois d'une indigne princesse
Gémira loin de vous en proie à sa tendresse;
Privé de ce héros par ses enchantements,

L'épouvante et l'effroi règneront dans vos camps :
Sur des bords dangereux, inutile à la France,
Dans une indigne paix languira sa vaillance ;
Il vous devra ses fers, et vous perdrez en lui
Et la gloire du trône et son plus ferme appui.

Voulez-vous obtenir des jours longs et prospères ?
Abandonnez soudain le culte de vos pères ;
Renoncez aux faux-dieux, n'aimez que le Seigneur,
Et de toute votre âme et de tout votre cœur.
Couronnez d'Amadis la haute renommée,
Faites de ce guerrier le chef de votre armée :
Le Seigneur l'a choisi pour porter après vous
Aux féroces Germains les plus terribles coups.
Envers un tel guerrier sans fiel et sans malice
Gardez-vous d'écouter une aveugle injustice :
Son amour pour Clotilde est celui qu'un grand cœur
Sait soumettre en tout temps à la voix de l'honneur ;
C'est l'invincible attrait qu'une haute vaillance
Ressent pour la beauté, la vertu, l'innocence :
Ayez sur cet objet votre esprit en repos.

Sainte fille, répond le sensible héros,
Dans vos nobles discours, dans vos vertus modestes
Je vénère l'écho des volontés célestes.
Je désire obéir aux lois de l'Éternel.
Quand viendra-t-il ce jour auguste et solennel,
Où, tout à Dieu, Clovis, exempt, libre d'entraves,
S'applaudira de vivre au rang de ses esclaves ?
Je veux et ne veux pas. Obtenez du Seigneur
Qu'il fixe près de lui les désirs de mon cœur,
Et que, rempli d'amour pour un prince infidèle,

Il enchaîne à son char ma volonté rebelle.
Désirant aujourd'hui me soumettre à ses lois,
Mon vœu sur Amadis est conforme à son choix:
J'honore ses vertus, j'admire sa vaillance,
Et veux lui déférer ce degré de puissance.

— Dans ce noble dessein persévérez, Seigneur,
Lui seul est parmi nous digne de cet honneur;
Le passé, le présent, l'avenir, tout s'empresse
A louer un heros dont la gloire intéresse.
La destinée a dit: Du pur sang de Clovis,
Uni par l'hyménée au beau sang d'Amadis,
Sortira dans le temps une tige célèbre,
Révérée en ces lieux et sur les bords de l'Èbre.
De cette race illustre et grande par sa foi
Hugues Capet un jour sera le premier roi:
Ses descendants et lui regneront sur la France;
Leur devise sera « Loyauté, bienfaisance. »
Leur sceptre deviendra dans ce brillant séjour
Un sceptre d'équité, de lumière et d'amour,
Et la gloire française, en prodiges féconde,
Fera voler leur nom jusques au bout du monde.

Geneviève à ces mots raconte au roi Clovis
Les merveilleux exploits du célèbre Amadis,
Ce qu'il a fait pour lui, pour Clotilde et pour elle,
En terrassant lui seul une troupe rebelle.
Ce prince que souvent le mensonge surprit
Désire par ses yeux convaincre son esprit:
Dès que pour satisfaire au vœu de la nature,
Il eut pris des bergers l'agreste nourriture,
Sur un lit de feuillage à la hâte formé

L'impatient héros se jette tout armé.
Quand sous cet humble toit sa superbe vaillance
Du paisible sommeil eut connu la puissance;
Quand la nuit, dont le sceptre est propice à l'amour,
Eut fait place en ces lieux aux doux rayons du jour,
Et que du vieux Tithon l'épouse fortunée
Eut paru sur son char de roses couronnée,
Il s'éveille et se lève ardent, impétueux,
Présente à l'Éternel son hommage et ses vœux,
Quitte l'humble bergère, et le long de la Seine,
Suivi du brave Odin sur le rapide Ébène,
S'élance vers les lieux encore enorgueillis
Des lauriers immortels qu'Amadis a cueillis.
Sur une vaste arène et de sang inondée
Auprès de la forêt sa vaillance est guidée :
De cadavres sans nombre on y voit des monceaux,
Que semble avoir frappés une invisible faux.
Leur mort semble l'effet d'une seule blessure;
Trois sont coupés en deux au-dessous de l'armure,
Aux uns manque la tête, à quelque autre le bras.
Ceux-ci furent fendus du haut jusques en bas,
Pareils à deux moitiés de pomme de grenade,
Ainsi que l'aurait fait un nouvel Encelade.
Leur blessure à Clovis atteste dans ce lieu
Qu'il est un autre Achille, un héros demi-dieu ;
Amadis lui paraît seul grand et seul terrible,
Seul digne de porter le titre d'invincible :
Il ne peut se lasser d'admirer son grand cœur,
Son audace héroïque et sa haute valeur.
D'aussi brillants exploits exaltent sa grande âme,
Un si fameux guerrier l'électrise et l'enflamme,
Lorsque, près de ce bois, un tremble fastueux

Élevant jusqu'au ciel son front majestueux,
Laisse voir aux rameaux de sa tige imposante
Le trophée immortel d'une armure sanglante.
Roulant dans son esprit des projets élevés,
Le héros lit ces vers sur l'écorce gravés :
« Le chevalier vainqueur des paladins rebelles
A l'immortel Clovis, à la Reine des belles.
Sur le front de l'impie en ces lieux terrassé
Comme un foudre vengeur Amadis a passé.
Que ce trophée, ici le témoin de sa gloire,
Aux siècles à venir atteste sa victoire. »
Le monarque, ravi de ce qu'il vient de voir,
D'honorer le héros veut se faire un devoir.
Aux sauvages Teutons il apprête des chaînes,
Et se rend comme un foudre à son camp des Ardennes.

Le fils de Bellovac, ce nouvel assassin,
Torval, s'y rend aussi par un autre chemin.
A peine a-t-il marché l'espace de trois milles,
Traversé des hameaux, et des bourgs et des villes ;
Qu'au pied d'arbres touffus vers le déclin du jour,
Armé par la vengeance, égaré par l'amour,
Et, livrant son esprit aux coupables pensées
Qu'exaltent de son cœur les flammes insensées,
Il s'assied un instant de fatigue accablé.
Tout à coup dans son cœur, par l'enfer appelé,
Il croit ouïr ces mots : Torval, ouvre ton livre.
— A tes suggestions faut-il que je me livre ?
— Pourquoi non, dit la voix ? viens-je t'humilier ?
A qui cherche ta gloire ose te confier.
Torval tremble, et bientôt dans ce code où le crime
Semble avoir déposé les secrets de l'abîme,

Son œil plonge, et, réduit à fléchir sous sa loi,
Sa bouche a proféré des paroles d'effroi :
Les éclairs ont brillé. Dans la forêt sonore,
Le tonnerre a grondé; mais rien n'arrive encore.
Alors de son pied gauche, à l'aspect de l'erreur,
Frappant trois fois la terre immobile d'horreur,
Il en sort, au milieu d'une épaisse fumée,
D'ou s'échappe à grands flots une lave enflammée,
Proclamant la terreur du ténébreux séjour,
Un monstre messager de l'infernale cour.

Que me veux-tu, dit-il, d'une voix effroyable?

Dieux ! que vois-je ?... répond le guerrier lamentable.

— Je m'apelle Cœson. Si tu ne veux périr,
Occupe-moi. Commande, et je vais t'obéir.
— Je désire la nuit, une vue isolée,
Abats cette forêt, comble cette vallée.

Il dit, la terre tremble, et des cieux obscurcis
Descend une ombre immense aux flancs noirs, épaissis :
Les arbres agités avec des bruits horribles
Tombent déracinés par des mains invisibles;
On dirait qu'échappés de l'antre des enfers,
Ses hideux habitants circulent dans les airs :
Le fracas des rochers que du haut des montagnes
Ces monstres déchaînés lancent sur les campagnes;
Le bruit des chars, celui d'immenses légions,
Mêlés aux cris des loups, des tigres, des lions;
Les coups multipliés de la brûlante foudre
Tombant sur la forêt qu'elle réduit en poudre,

La fureur de la mer et ses mussigements,
L'horreur de la tempête et ses longs sifflements,
Cris que semble pousser la nature expirante,
Dans l'âme de Torval ont jeté l'épouvante.

Il pâlit à l'aspect de ce désordre affreux.
Un quart d'heure suffit à l'esprit ténébreux,
Pour faire de ces champs une terre isolée,
Abattre un bois immense et combler la vallée;
Ruisselant de sueur, le ténébreux Cœson
S'avance : J'ai du ciel agrandi l'horizon,
Que t'en semble? — Il est vrai. — Que te faut-il encore?
La vengeance des dieux, Clotilde que j'adore,
Le sceptre, les plaisirs, les honneurs d'un grand roi;
Puis-je les obtenir? — Cela dépend de toi.
De ces biens précieux tu recevras l'offrande
Si tu veux à l'enfer accorder sa demande;
Les piéges sous tes pas vont soudain s'aplanir,
Pour faire ton bonheur tout va se réunir.
— Que désire l'abîme? — Il demande ton âme.
— Que me proposes-tu, serpent, couleuvre infâme?
— Des charmes, un plaisir envié des mortels,
Qu'on ne goûta jamais aux lambris éternels :
L'ivresse de l'amour, l'orgueil de la vengeance,
L'inestimable honneur de régner sur la France.
Est-il rien de plus beau? — Ton offre me séduit.
Qui pourra m'assurer d'un bonheur qui me fuit?
— L'image d'une Hébé dont la pudique flamme
Au sein des voluptés enivre et plonge l'âme.
A ces mots d'un nuage à l'œil éblouissant
Sort à ses yeux charmés un objet ravissant:
La Reine, qu'embellit sa pudeur ingénue,

Du bain qui la cachait s'élance demi-nue...
Le voile tombe... il voit... ah! que ne voit-il pas?
Que de trésors cachés, que de secrets appas!
Ses mains qu'implore alors sa pudeur en alarmes,
Ne lui suffisent plus pour voiler tous ses charmes.
Torval d'un œil lascif les dévore. Un désir
Qu'aiguillonne et tourmente un infernal plaisir,
Lui montre dans Clotilde une jeune immortelle,
Du ciel de Mahomet la houri la plus belle.

A cette illusion, qu'il a pris pour un corps,
Le guerrier tend les bras dans ses brûlants transports;
Ainsi que le faucon, plein d'une ardeur cruelle,
D'un œil étincelant fond sur la tourterelle;
Ainsi Torval s'élance, et croit, ivre d'amour,
Expirer de plaisir au céleste séjour;
Mais il n'embrasse, au lieu de celle qu'il adore,
Qu'un nuage léger qui dans l'air s'évapore.

Pourquoi l'as-tu ravie à mes embrassements?
Renouvelle, ô Cœson, ces fortunés moments,
Je me sens embrasé d'une infernale flamme;
C'en est fait, à Satan j'abandonne mon âme;
De la coupe vidée amortis le poison:
Fais que je la possède, effroyable Cœson.

Le monstre tire alors un contrat qu'il déplie:
Signe ici de ton sang ce pacte qui nous lie:
L'amour va te sourire, et, fier d'un tel appui,
Torval est à l'enfer et l'enfer est à lui.
Il dit, et sous sa griffe, à sa voix rugissante,
De la main de Torval, de sa main frémissante

Le sang jaillit. Hélas! il signe... instant fatal!
Le monstre ouvre sa gueule, et son rire infernal,
Que répète l'écho d'une plage inconnue,
S'échappe en longs éclats, et fait trembler la nue.
Puis il s'écrie, armé de ce contrat de mort :
Tu m'appartiens; je suis le maître de ton sort.
Sois fidèle à mes lois, je tiendrai ma promesse,
Et tu posséderas l'objet de ton ivresse.
Je vais te transporter dans le camp de Clovis:
Ton devoir y sera d'épier Amadis,
Pour, au moindre signal, la nuit, dans le silence,
Lui plonger dans le cœur le fer de la vengeance.
Jusque là ne te livre à nul projet nouveau,
Il pourrait te frayer le chemin du tombeau.

A ces mots, déployant ses ailes ténébreuses,
Il l'emporte au-dessus des plages vaporeuses,
Fend les cieux étoilés, non pareil aux éclairs,
Chassant l'obscurité du royaume des airs;
Mais comme un feu caché qui serpente et dévore,
Dans le camp de Clovis une heure avant l'aurore,
Redoutant l'œil du jour dont il hait le regard;
Il dépose Torval armé d'un long poignard.

Quand, brûlant de ses feux, les airs, la terre et l'onde,
L'astre du jour deux fois eut fait le tour du monde,
Sa blonde avant-courière à l'œil suave et doux
S'échappe en rougissant des bras de son époux.
De joie et de plaisir l'âme encore enivrée
Dans le camp de Tournay Clovis fait son entrée;
Charmés de sa présence et fiers de son appui,
Trente mille guerriers s'inclinent devant lui,

Et de l'adversité défiant les désastres,
Élèvent, pleins de feu, sa gloire jusqu'aux astres.
Amadis, Galaor et l'ardent Lionel
Ont salué Mithras au coucher solennel;
Ils entrent, on accourt, et louant leur vaillance,
L'armée a proclamé ces remparts de la France.

« Tremblez, rois de la terre, avec le grand Clovis,
Nous avons Lionel, Galaor, Amadis. »

Les troupes cependant couvrent la vaste arène,
D'innombrables guerriers s'avancent dans la plaine:
Ce sont les alliés, les vassaux de Clovis;
Ils volent au secours du royaume des lis.
Clairons, coursiers et chars, tambours se font entendre,
Les pavillons au loin commencent à s'étendre,

Le vaste champ de Mars de lances hérissé,
Ainsi que l'océan, par les vents oppressé,
Vacille sous les feux d'une clarté suprême,
Se divise, s'agite et reproduit lui-même,
Au bruit des escadrons, des bataillons épars,
Où flottent à l'envi de nombreux étendards.
Le soldat valeureux à combattre s'apprête,
L'ardent coursier se dresse au son de la trompette,
Dans ce camp formidable où plane le trépas,
Tout respire la guerre et l'amour des combats.

Le soleil de la nue ouvrant les palais sombres,
A l'égal des objets a raccourci les ombres,
Lorsqu'auprès de Clovis comtes et chevaliers,
Hauts barons, bannerets, écuyers, bacheliers,

Tous ses hardis vassaux, suivis de leur noblesse,
Sont venus rendre hommage à sa haute sagesse.

Rois, princes, leur dit-il, célèbres chevaliers,
Que d'immortels exploits couronnent de lauriers,
Des antiques Germains la sauvage furie
Menace d'envahir notre chère patrie.
Il est temps d'arrêter ces chefs spoliateurs,
Tous ces flots d'ennemis, torrents dévastateurs,
Ce monde de soldats, hordes hyperborées,
Prêtes à ravager nos fertiles contrées;
De nos forces encore il faut faire l'essai:
Si le dernier édit, daté du champ de Mai,
Approuvé sous mes yeux par votre âme élevée,
Vota de boncliers une immense levée;
Si l'espoir de vous joindre aux troupes d'Alaric,
Des princes bourguignons et de Théodoric
Vous a fait, en vertu de notre arrêt suprême,
Rassembler vos soldats, vos preux en ce lieu même,
Hâtons nous de voler à de nouveaux combats.
Princes, tenez-vous prêts; haranguez vos soldats,
Et que tous vos guerriers dont l'univers s'honore
Défilent sous mes yeux à la naissante aurore.

Avant de me porter les armes à la main,
Avec tous mes guerriers sur les rives du Rhin,
Je veux donner pour chef aux chefs de mon armée,
L'homme grand par lui-même et par sa renommée.
Il sera parmi vous l'organe de ma loi,
Le second après Dieu, le premier après moi,
Et digne de son nom, ce duc, en mon absence,
Vous représentera ma gloire et ma puissance.

Il dit, et d'un tel roi le formidable appui,
Ces chefs respectueux s'inclinent devant lui,
Et vont à leurs guerriers, pleins d'une ardeur extrême,
Annoncer de Clovis la volonté suprême.

La nuit, effroi du crime au fond de sa prison,
A de son voile sombre obscurci l'horizon.
Déjà le doux sommeil, un essaim de fantômes,
Mille songes légers planent sur les royaumes :
Tandis que sur les yeux des soldats, des héros,
Leurs libérales mains effeuillent les pavots,
Et que les passions, le démon de la guerre,
Dans les bras du repos laissent en paix la terre;
La blonde avant-courrière, au visage riant,
De roses couronnée éclate à l'Orient.

L'armée, au son guerrier des clairons, des trompettes,
Fière de ses exploits, défiant les tempêtes,
A la voix de ses chefs brillant de toutes parts,
Se range audacieuse autour du champ de Mars.
Amadis, Galaor et vingt héros célèbres
Près d'elle ont devancé la fuite des ténèbres,
Et, fier de leur hommage à lui seul réservé,
Le Roi se montre assis sur un trône élevé.

Sur d'agiles coursiers, dans un ordre admirable,
Brille des Saliens la tribu formidable.
C'est la garde à l'œil fier. Dans les champs du trépas
Elle est calme, sourit, s'avance et ne meurt pas :
Ardente à s'élancer où la gloire l'appelle,
Sous le fer qui la frappe elle se renouvelle,
Et, toujours dévouée au sceptre de Clovis,
La victoire est son Dieu, son épée Amadis.

Perceval aussi prompt que la poudre enflammée,
Chamboran devant qui tout homme est un pygmée,
Le courageux Némours, le brave Aurélien,
Lévis et Télamont qui ne redoutent rien,
Elzéar, sur la brêche à l'aigle comparable,
Brillent dans cette garde, unique, impérissable.

Les Carnutes (1), fameux dans ce pays chartrain,
Où le prêtre gaulois commande en souverain,
Où la blonde Cérès, exposée à l'orage,
Au mépris du dieu Terme, expire sans ombrage,
Où l'utile charrue est préférée à l'or,
S'avancent commandés par le fier Galaor.
Les Turons (2), habitants des rives de la Loire,
Ont pour chefs Lionel, Ingomer et la gloire;
Genabe (3) et les Manceaux suivent Montmorency,
Les Andes (4) Adhémar, les Poitevins Couci.

Ceux-ci nés dans les champs arrosés par la Seine,
Sur les bords où la Marne à celle-ci s'enchaîne,
Aux rivages de l'Oise où naquit Bellovac,
Dont la taille égalait celle du grand Énac,
Avec le souvenir de sa chère princesse,
Suivent le beau Robert, accablé de tristesse:
Ainsi que le Centaure aux exploits impunis,
A leur coursier rapide ils semblent être unis,
Et, lions aux combats, sur un cou sans armure
Flotte, jouet des vents, leur blonde chevelure.

(1) Les habitants de Chartres.

(2) Les habitants de la Touraine.

(3) La ville d'Orléans.

(4) Les habitants de l'Anjou.

Le bouillant Marcomir, avide de lauriers,
Conduit sous sa bannière onze mille guerriers.
La Flandre après son roi le reconnaît pour maître;
Il est du sang royal, et Tournay l'a vu naître;
Tournay, siége fameux du vaillant Clodion,
Gloire de Mérovée, empire du lion,
Où brillent, sœurs du Roi, la pieuse Audeflède,
Et, chère à Marcomir l'éclatante Alboflède.
Ce prince, armé par elle, est haï de Clovis;
L'abeille à son écu bourdonne autour d'un lis.

On voit parmi les preux dignes d'un chef Sicambre,
Nés aux champs de l'Escaut, sur les bords de là Sambre,
De l'amitié des Francs les généreux liens,
Soldats issus, dit-on, des vaillants Nerviens (1),
Dont César autrefois sur les hauteurs de Prêle (2)
Admira, triomphant, la bravoure immortelle.
Ces Francs et ces Gaulois, grands défenseurs des lis,
Défilent sous les yeux de l'illustre Clovis:
Avec les précédents ils forment son armée,
Terreur des rois voisins, à vaincre accoutumée.
Ces guerriers, commandés par douze paladins,
Rappellent les vertus des antiques Romains:
Ardentes légions dont l'élite inflexible
Remplace les héros de la garde invincible;

(1) Village sur la Sambre, dans les environs de Chatelet, où les Nerviens furent presque entièrement détruits par César après des prodiges de valeur. Voyez ses Commentaires. Cambrai et Bavai se disputent l'honneur d'avoir été la capitale de cette courageuse nation.

(2) Idem.

Mille preux sur des chars tirés par des taureaux
S'avancent élevés au-dessus des chevaux,
Où se mêle, doué d'un courage intrépide,
A la voix du dieu Mars, le fantassin rapide,
Tandis que, précédant les nobles destriers,
S'élancent les frondeurs, les arbalétriers.
Cette puissante armée, agile et résolue,
Représente à Clovis la Gaule chevelue,
La noblesse des Francs et ses dix légions,
Orgueil de la patrie, effroi des nations.

Après suit Rigomer, comte de Romanie (1) :
En lui la hardiesse à la force est unie ;
Sa bannière éblouit. Sur un fond tricolor
Brille un aigle d'argent sous des abeilles d'or.
Si, vassal de Clovis, l'ange des funérailles,
L'égare quelquefois au milieu des batailles,
L'Armorique l'admire. Élevés sur des chars,
Son fils Séir, dix preux suivent ses étendards,
Et six mille guerriers, pleins d'amour pour la gloire,
Des bords de l'océan où s'engloutit la Loire,
Pressant de l'éperon leurs chevaux indomptés,
Ainsi que des lions volent à ses côtés.

Sur un ardent coursier des champs de l'Ibérie,
S'avance plein de feu Rolon, duc de Neustrie (2) ;
Son écu représente un aigle audacieux,
Secouant dans les airs un dragon furieux.
Orgueilleux, téméraire et fier de sa naissance,

(1) La Bretagne ou l'Armorique.
(2) La Normandie.

Il se croit le premier en adresse, en vaillance,
Et comme un léopard, au milieu des combats,
Avec ses chevaliers il sème le trépas.
Ils ont quitté pour lui de fortunés rivages,
De fertiles guérets et de gras paturages;
A la patrie en pleurs, sur de hardis coursiers
Ils offrent un secours de huit mille guerriers.

Des forêts, des coteaux, des champs de l'Austrasie (1)
Défile aux yeux du prince une troupe choisie:
Metz, Toul, Verdun, Nancy, Troye, Épernai, Rhetel,
Sens, Pertes, Bar, Châlons, Reims cher à l'Éternel,
Les bourgs de la Lorraine et ceux de la Champagne,
De Château-Thierry l'infertile campagne,
Ont vu naître les uns commandés par Thibaut,
Et les autres conduits par le fougueux Raimbaud.
Le Champenois est tendre. A sa bannière brille
Un lion enchaîné par une jeune fille.
A celle du second, près d'un orme écrasé,
S'élève un sceptre d'or sur un sceptre brisé.
Ces chefs, ceux de l'Alsace et de la Séquanie (2)
A moitié dans la Gaule et dans la Germanie,
Y compris leurs barons et tous leurs chevaliers,
Font hommage à Clovis de huit mille guerriers.

Après tous ces Gaulois aux diverses bannières,
Suivent des Bourguignons les phalanges guerrières.
Ils ont pour souverain le cruel Gondebaud:
Troublé par le remords qui l'entraîne au tombeau,

(1) La Lorraine et les provinces du Nord.
(2) La Franche-Comté.

Il croit voir dans sa main la tête de son frère,
Ses neveux dans un puits noyés avec leur mère.
Les rives de la Saône, Auxerre, Autun, Dijon,
Les coteaux fortunés du célèbre Lyon,
Et les bords de l'Isère et ceux de la Durance
Ont fourni ces guerriers, témoins de sa puissance.
Unis par le dieu Mars, divisés par l'amour,
Sigismond, Laomor, admirés dans sa cour,
Commandent ses barons et sa cavalerie,
En Helvétie, en France aux combats aguerrie.
Tributaires des Francs sous de légers drapeaux,
Où brillent des serpents dévorant deux taureaux,
Quinze mille guerriers, formidable puissance,
Passent près de Clovis dans un morne silence.

Alaric, roi des Goths, devant ses pavillons
Étale avec orgueil ses épais bataillons.
Séjour délicieux que protège Uranie,
Seule tu les vis naître, ô belle Occitanie! (1)
Toi sur qui la déesse, au parfum doux et pur,
Déploie en souriant ses longs voiles d'azur,
Et pour qui, dans la nuit, sur les ailes des songes,
Sa gracieuse main, propice aux doux mensonges,
A ce dais magnifique, orné de diamants,
Suspend sa lampe d'or, jalouse des amants.

Albi, Nîmes, Gaillac, Lavaur, Castres, Lodève,
Uzès, Mende, St-Pons, où le marbre se lève,
Narbone, Tolosa, Carcassonne, Béziers,

(1) Le Languedoc.

Pessulanus (1), orné de pampres, d'oliviers,
Et de Mons Albanus (2) les campagnes riantes
Font tressaillir d'amour ces cohortes vaillantes.

Montés sur de brillants et rapides chevaux,
Les courageux Lombards, les Goths orientaux
Suivent Théodoric. Ce Roi, que rien n'arrête,
Les précède aux combats ainsi que la tempête.
Beau-frère de Clovis, il offre à ses regards
Cinq mille Ausoniens suivis de trois cents chars;
De même qu'Alaric, à sa cavalerie
Il mêle ses archers et son infanterie,
Qu'entr'ouvrent quelquefois de monstrueux taureaux,
Des coursiers, à la guerre, indomptables rivaux.
Ils arrivent des lieux où se lève l'aurore,
Des royaumes charmants de Zéphire et de Flore,
Des bords de l'Eridan, du Tésin, de l'Arno,
Des pays fécondés par les eaux du Réno,
Des coteaux de Milan, des rives de Mantoue,
Des campagnes du Tibre et des champs de Capoue.

Raimond, duc d'Aquitaine, Alban, duc des Vascons,
Conduisent leurs guerriers, en prodiges féconds;
Ils viennent des pays qu'arrose la Garonne,
Que le Lot de ses eaux mollement environne;
Et que le Gers fameux, la Baïse et l'Adour
Dans leurs flots de crystal enferment nuit et jour.
Après ces légions, où l'Amazone altière
Se couvre quelquefois d'une noble poussière,
Suit l'obscur habitant des pays sablonneux,
Où parmi la bruyère et les pins résineux,

(1) Montpellier.
(2) Montauban.

Du brillant chêne vert la robe spongieuse
Dompte des vins fougueux l'ardeur séditieuse (1);
Là sont des montagnards robustes et puissants,
Qui, lancés au travers des buffles mugissants,
Semblent, à la lueur des villes consternées,
Des ours précipités du haut des Pyrénées;
Là sont des gens de traits et des hommes de fer,
Redoutés sur la terre, admirés sur la mer,
Qui, jour et nuit, armés de la lance des braves,
Foulent aux pieds l'argent, ce père des esclaves,
Préfèrent au repos une sauvage ardeur,
Et la vertu champêtre à l'altière grandeur.

Sur des coursiers doués d'une égale vitesse
Ces deux chefs et les rois, suivis de leur noblesse,
S'avancent vers Clovis de ses preux entouré,
Et par tous les Gaulois à César comparé:
Au bruit des boucliers, au son de la trompette,
Ce prince les salue, et s'élance à leur tête.

Tandis que sur Ébène, aux bonds impétueux,
Il précède ces rois d'un air majestueux,
Et que, roulant déjà sa prunelle enflammée,
Des chefs confédérés il observe l'armée;
Torval, ambitieux de nocturnes exploits,
Que semble encourager la présence des rois,
Torval qu'aigrit encor le démon de l'envie,
S'apprête à lui ravir la couronne et le la vie.

(1) C'est de l'écorce de cet arbre, appelé aussi l'arbre à liége, et dont le feuillage est toujours verd, qu'on fait les bouchons en usage dans les deux mondes.

Déjà contre Amadis, à la voix de l'enfer,
Trois fois il s'est armé de l'homicide fer,
Et trois fois au moment de voler sous sa tente,
Il s'est enfui, saisi d'une horrible épouvante.

Aujourd'hui grâce aux Goths, ennemis de Clovis,
Aux princes bourguignons dont il suit les avis,
Ce monstre se décide, appuyé par le crime,
A faire de son roi sa première victime.
L'occasion est belle, et pour la seconder,
C'est dans l'ombre, à minuit, qu'il veut le poignarder.
Le soleil, immobile au haut de sa carrière,
Engloutit l'univers dans des flots de lumière:
Les feux étincelants du céleste fanal
Tombant sur les sourcils du brigand infernal,
Environnent d'éclat sa figure livide,
Où brillent renforcés les traits d'un régicide;
Lorsque, pour s'affranchir de l'horreur qui le suit,
En lui-même évoquant le calme de la nuit,
Il s'écrie égaré: Dès que tes voiles sombres,
O mère du chaos, suivront les pâles ombres,
Pour venger ma patrie, et mon père et les dieux,
Arme et soutiens mon bras, daigne obscurcir les cieux:
Vainqueur, j'arrive au trône où ce meurtre m'appelle,
Et vaincu, je possède une gloire immortelle;
Précipite à l'instant Mithras (1) du haut des airs,
Hâte-toi d'apparaître, ô fille des enfers;
Pour assouvir ma haine et m'obtenir l'empire,
Toi seule a des appas tels que je les désire;

(1) Les Gaulois appelaient ainsi le soleil ou Apollon.

Et vous qui m'écoutez du séjour immortel,
Dieux puissants, conduisez la victime à l'autel;
Agréez, protégez ce sanglant sacrifice;
Voile ton front d'argent, lune, sois-moi propice,
Laisse pleurer les Francs sur un nouveau cercueil:
Je te devrai le trône. Il dit, et, plein d'orgueil,
Cachant ce long poignard, soutien de son audace,
Dans les rangs de la garde il a repris sa place.

FIN DU DOUZIÈME CHANT ET DU PREMIER VOLUME.

www.ingramcontent.com/pod-product-compliance
Lightning Source LLC
LaVergne TN
LVHW020038170826
845678LV00001B/309

* 9 7 8 2 3 2 9 6 9 3 5 6 9 *